VTuber인데 방송 끄는 걸 깜빡했더니 전설이 되어있었다 [6]

나나토 나나 지음
시오 카즈노코 일러스트
박경용 옮김

아사기리 하레루

“야호~! 모두의 마음속 태양, 아사기리 하레루가 떠올랐어!”

모두를 활짝 웃게 만드는 걸 좋아하는 활력이 넘치는 여학생. 모든 것에 호기심이 왕성하고 기운이 넘친다. 멈출 줄 모르는 기세로 주위 사람들의 예상을 아득히 넘어서는 언동도 종종 보여준다.

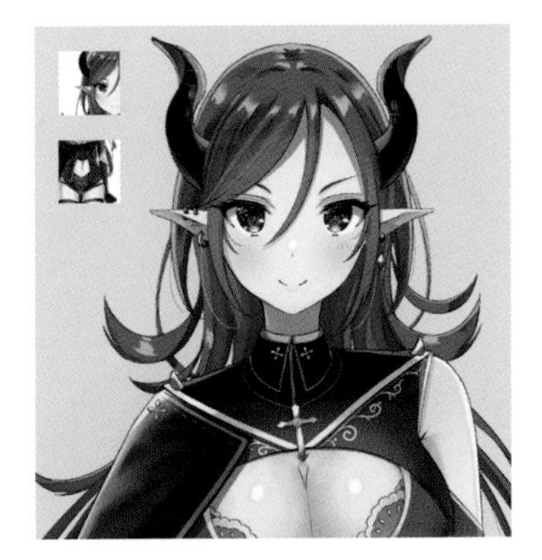

우츠키 세이

“안녕, 제군! 모두의 세이 님, 등장이다!”

전생에선 남자의 정기를 양식으로 살아가는 서큐버스였지만, 동성인 여자한테만 흥미가 있어서 굶어 죽었다. 환생하고 난 뒤 지금에 이르렀다. 머리의 뿔은 전생의 흔적.

카미나리 시온

“콘미코~! 모두의 마마, 카미나리 시온이야~!”

아홉 개의 꼬리를 가진 무녀이며, 신의 사도로서 사람들의 안녕을 지키고 있다. 아홉 개의 복슬복슬한 꼬리는 감정에 맞추어 격렬하게 움직이기 때문에, 그녀의 등 뒤에 설 때는 주의가 필요하다.

히루네 네코마

“냐냐~앙! 고소한 냄새에 이끌려 등장! 히루네 네코마다!”

낮잠을 아주 좋아하는 오드아이 동물 소녀. 그러나 뭔가 먹고 있는 사람이 가까이 있으면 갑자기 일어나 눈빛을 반짝거리며 곁에 다가간다. 뭔가 주면 좋아한다. 안 줘도 쓰다듬어주면 좋아한다.

소우마 아리스

"네! 소우마 아리스, 현 시간부로 등장 했습니다!"

자기 자신의 해방을 테마로 삼은 아이돌 그룹, 레지스탕스의 멤버. 쿨한 외모로 남녀 모두에게 인기가 있지만 알맹이는 허당이라, 멤버들이 이미지를 사수해주느라 고생하고 있다.

라이브온

선택받은 빛나는 소녀들

소식 | 굿즈

가이드라인 | 소속 탤런트 | 회사개요

소노카제 에에라이

"얏호~ 여러분~! 즐거우신가요~ 랍니다~! 에에라이 동물원의 소노카제 에에라이랍니다!"

온갖 동물이 모여 있는 거대 테마파크, 에에라이 동물원의 원장을 맡고 있는 엘프. 어째선지 동물들에게 절대복종 수준의 존경을 받는 모양이다.

야마타니 카에루

"산을 넘어, 계곡을 건너, 이윽고 돌아오는 장소. 야마타니 카에루의 방송에 잘 오셨어요."

마음씨 착한 사람이 무거운 상처를 입었을 때, 어디선가 나타나 치유를 선사하고 바람과 함께 사라진다는 의문스러우며 신비적인 여성.

이로도리 마시로

"안녕~ 콘마시로~. 이로도리 마시로, 마시롱입니다."

그림을 그리는 것이 삶의 보람인 일러스트레이터. 조금 독설가지만, 사실은 상당히 성격 좋고 상냥한 소녀.

코코로네 아와유키

"여러분, 안녕하세요? 오늘도 예쁜 담설이 내리네요. 코코로네 아와유키입니다."

담설(淡雪)이 내리는 날에만 나타나는 미스터리한 미녀. 빨려 들어갈 것 같은 보라색 눈동자의 안쪽에는 과연 무엇이 숨어 있는 것일까…….

마츠리야 히카리

"콘피카~! 축제(마츠리)의 빛은 인간 호이호이, 마츠리야 히카리입니다!"

전국의 온갖 축제에 출몰하는 축제소녀. 각각 다른 지역에서 열리는 두 축제에 완전히 같은 타이밍에 출몰했다는 설이 있다.

야나가세 챠미

"여러분을 힐링의 극치로 안내해 줄 야나가세 챠미 누나가 왔어요."

본래 아싸였지만 용기를 내서 인싸로 데뷔했더니 대성공. 그러나 내면은 변함이 없어서 겉모습만 인싸인 아싸가 남았다.

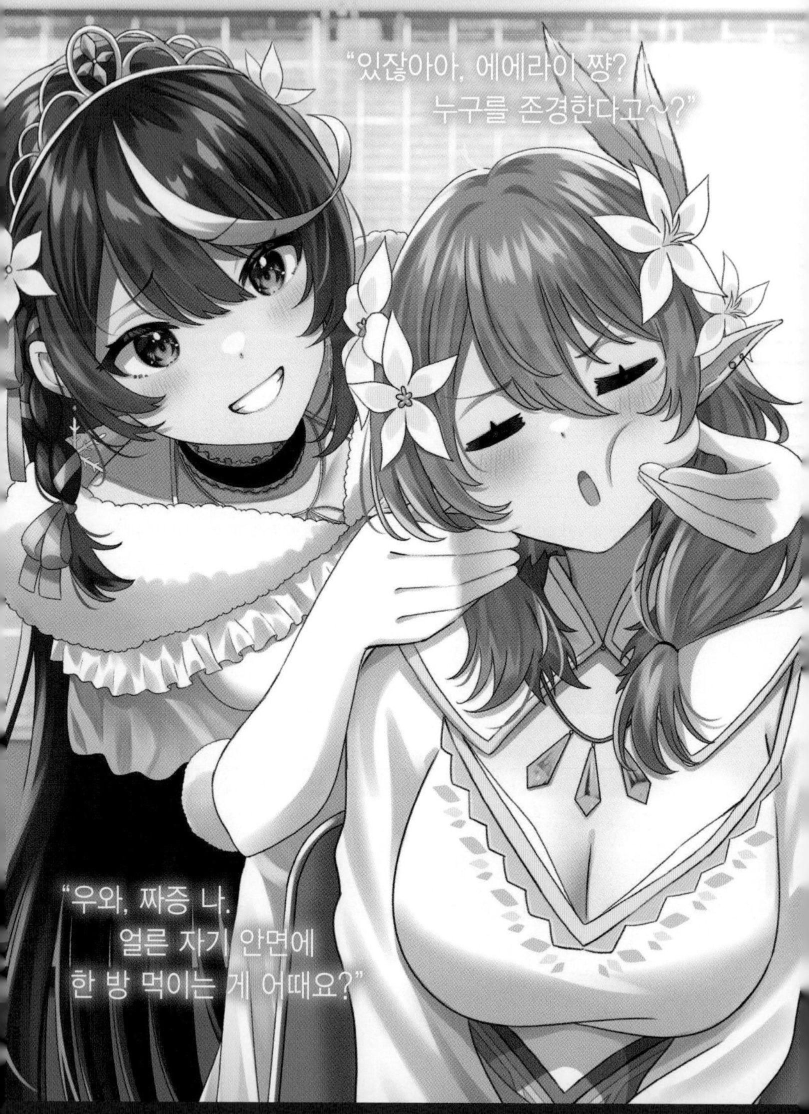
"있잖아아, 에에라이 쨩?
누구를 존경한다고~?"
"우와, 짜증 나.
얼른 자기 안면에
한 방 먹이는 게 어때요?"

Contents

라이브온 적응 수술, 대성공!

역시 명 외(설)과의사인 아와유키 씨군요.

마시롱은 울어도 돼.

역시 3기생밖에 없다니깐.

¥50,000
경사스러운 기념일이다!

어서 와.

3기생 기념 방송

Anniversary Live

#백설차_가게

VTuber인데 방송 끄는 걸 깜빡했더니 전설이 되어있었다 [5]

지금까지의 줄거리

조회수 999,999회 · 2022.09.20.

9999 155

슈와 쨩 클립 ch

구독자 12.5만명

구독중

스○○로에 졌다

스○○로에 졌다 여자한테도 졌다 방송의 접속에도 졌다

아바타로 된 몸을 가져 욕망밖에 없고 언제나 깔깔 웃고 있다

하루에 하나의 롱캔과 리스너의 채팅과 카스텔라를 먹으며

온갖 일에 스○○로를 감정에 넣고 보고 들은 것은 곡해하고 그리고 잊는다

인터넷 속 요튜브 한구석에 겁나 위험한 VTuber의 사무실에서

동쪽에 목이 망가진 히카리 쨩 있으면 찾아가 M으로 조교하고

서쪽에 지친 아기 있으면 찾아가서 최애마마 되고

남쪽에 죽을 것 같은 원장 있으면 찾아가서 더 무서워하라 말해 번장으로

북쪽에 한가해 보이는 들고양이 있으면 함께 역사적 오물을 처리한다

하레룽의 라이브 정말 최고다

아리스 쨩의 망언 제발 그만해

시온 마마한테 허수아비가 되란 말을 듣고 마시롱에게 칭찬 받고 싶다

챠미 쨩은 내 잘못 아니다

그렇게 말한 나는 세이 님 수준이 되고 말았다

프롤로그

『이번에 저, 호시노 마나는…… VTuber를 졸업하기로 결정했습니다.』

“진짜냐아아…….”

방송을 쉬는 날. 스마트폰의 화면에 재생되는 영상을 응시하면서 집 안을 터벅터벅 걸어 다니는 기행녀가 있었다. 바로 나, 타나카 유키다.

『구체적으로는 1개월 뒤네요. 갑작스럽게 보고하게 돼서 미안해요.』

“진짜냐아아… 우와아, 진짜냐아아…….”

어휘력의 어자도 느껴지지 않는 잠꼬대 같은 말을 중얼거리면서, 아무 의미도 없이 방 안을 여러 바퀴 돌았다.

이렇게 망연자실하게 되어버린 원인은, 물론 스마트폰에 재생되고 있는 이 영상이었다.

호시노 마나 쨩이 졸업한다……. 그건 정말로 갑작스런 발표였다.

VTuber를 조금이라도 파봤다면 호시노 마나라는 이름을 모르는 사람이 없을 정도의 유명인이다. 얼마 전에 내 카스텔라 답변 방송에서도 그 이름이 나온 적 있었는데, 새삼 그 궤적이 내가 한 걸음 내딛을 때마다 머릿속에서 되살아났다.

라이브온에서 하레루 선배가 데뷔한 것보다 훨씬 전—라이브온 여명기는커녕 VTuber 그룹이라는 개념마저 침투하지 못한, VTuber 업계 자체의 여명기에 그녀는 태어났다.

그녀의 공적을 말해보면, 당시 아직 VTuber로서 활동하는 사람마저 손꼽을 정도밖에 없는 가운데, 소속되어 있는 기업의 지원을 받은 유니크한 기획 영상을 열심히 만들어내고, 업계를 리드하며, 형성시킨 것이리라.

이윽고 V라고 하면 맨 먼저 이름이 떠오르는 사람 중 한 명이 된 마나 쨩은, 같은 시기에 마찬가지로 특출난 인기를 누린 V 세 명과 함께 VTuber 사천왕으로 불리게 되고, 별처럼 빛나는 존재가 되었다.

이후로 아이돌 유닛처럼 그룹으로 활동하는 우리들 같은 V도 차례차례 나타나긴 했지만, 그래도 언제나 일선에서 계속 달려온 대인기 VTuber이며 V의 역사에 깊게 그 이름을 새겼다.

오늘날까지 그 강렬하고 높은 프로 의식이 카리스마로도 이어져서, V업계에서 이른바 신격화되어 있었다.

당연히 나 같은 건 전혀 관련도 없고, V의 세계에 푹 빠진 것도 라이브온을 보게 되면서였으니까 그녀가 스타가 되어가는 모습을 리얼타임으로 본 것은 아니다.

그럼에도 불구하고, 지금 자신이 V로서 활동할 수 있는 것이 마나 쨩 같은 선구자가 있었기 때문이라는 것은 충분히 느끼고 있으며, 커다란 존경의 마음을 품고 있었다.

그런 그녀가— 기어이 졸업한다.

『지금까지 정말로 감사했습니다. 아하하. 실제로는 아직 활동 시작하고 10년도 안 지났지만, 그래도 추억이 너무 많아서……. 이 기간은 제 인생에서 가장 멋진 시간이었어요. 후회 같은 건 한 점도 없는, 평생의 자랑거리예요.』

"진짜냐아~ 우우우우……."

사실은 이 영상, 이번이 처음 재생하는 게 아니다.

벌써 몇 번째인지 모를 정도로 반복 재생하고 있으며, 그때마다 지금처럼 기행을 반복하고 있었다.

V는 사람들이 대단히 격렬하게 바뀌는 업계이다. 라이브온에는 현재 그런 경향이 없지만, 졸업이란 화제는 드문 것도 아니다.

그래도…… 역시 쇼크다.

동경하는 사람의 졸업 자체가 슬프단 것도 있지만, 수많은 V가 태어나는 계기가 된 마나 쨩의 졸업을 본 나는, 마치 한 시대가 끝나는 걸 본 것처럼 상실감에 시달리고 있었다.

SNS도 지금 이 화제로 뜨겁다. 라이브온의 공통 채팅에서도 다들 충격을 받고 있었다. 정말로 수많은 사람에게

대표
중발

사랑받은 VTuber였다.

『아~ 어쩐지 엄청 새삼스런 느낌이 돼버렸지만! 마지막 1개월, 졸업한 다음에도 모두의 마음속에서 빛나는 별이 될 수 있도록 전력으로 활동할 거예요! 아직 1개월 있어요! 잊지 말아요!』

"우우우우!! 마나쨔아아아아앙—!!!!"

졸업 발표임에도 밝게 행동하는 마나 쨩의 모습이 가슴을 때린다.

갑작스런 발표였지만, 이 모습을 보면 상당히 전부터 정해졌던 일이겠지.

직접 연관될 기회가 없었다지만, 간접적으로나마 대선배의 졸업이다. 성대하게 배웅해주는 것이 좋은 후배라는 거겠지.

『그리고 1개월 뒤에…… 특별한 졸업 방송을 열어서, 제대로 작별하고 싶어요. 제멋대로라서 미안해요. 하지만, 보러 와주면 좋겠어요……. 너무 울적한 건 좋아하지 않으니까, 마지막에는 웃으면서 졸업하고 싶어요!』

"응! 보러 갈게요! 꼭 보러 갈게요!"

그렇지, 앞으로 한 달은 마나 쨩의 과거 영상을 하염없이 봐야겠어. 그리고 추억에 잠기면서 웃으며 졸업을 배웅하는 거야.

『그러면 마지막 1개월, 열심히 해봐요~!』

그렇게 마나 쨩은 활기차게 목소리를 높이고, 영상이 끝났다. 또 반복 재생할까 망설였지만, 계속 보고 있어봐야 앞으로 나아갈 수가 없다.

그래, 맞아. 나도 이렇게 풀이 죽어 있을 수 없어! 마나 쨩이 남겨준 업계에서 살아가는 자로서, 나도 더욱 빛나야지! 정신 차려라, 아와유키!

스스로에게 기합을 넣고, 영상을 닫은 나였다.

제1장

월크 방송 3

그러면, 이번 방송은 카스텔라 답변을 한 다음에 정규 편성이 되어가는 월크 방송을 할 예정이다. 참고로 맨 정신.

처음에는 인공물이 거의 존재하지 않고 대자연만 펼쳐졌던 월크의 라이브온 서버였지만, 진심파와 엔조이파 양쪽으로 갈리면서도 여태 라이버들의 로그인이 끊이지 않는 상황이다. 지금은 갖가지 건축물이 빼곡하게 들어서 어엿한『도시』가 형성되고, 나날이 규모가 부풀어 오르고 있었다.

나는 마음이 내킬 때 플레이하는 순수 엔조이파인데, 오늘은 그 도시를 시청자들과 함께 관광한다는 기획이었다.

구석구석까지 도시를 돌아보는 건 이게 처음이니까, 분명 나도 보지 못한 게 많이 나올 거야. 시청자들뿐만 아니라 나도 기대되네!

그리하여 일단 이상의 내용을 시청자에게도 설명한 다음, 로그인이 몰릴 시간대까지 카스텔라 답변 시간으로 하자!

"그렇게 됐으니까요~. 첫 카스텔라는 이것이옵니다!"

@스○○로 가격 인상에 대해, 와이프한테 말했습니다.

나한테는 와이프가 없었어요.

갑자기 울며 무너지는 나.@

"아~ 가격이 올랐었죠……. 어떡하지……. 뭐가 고민이냐면, 슈와일 때 편의점에서 판매되던 가격을 신성한 세 자릿수라고 하며 슈퍼챗으로 받는 일이 자주 있잖아요. 갑자기 바뀌면 혼란스러울 것 같단 말이죠……. 그렇지! 이렇게 된 바에는, 앞으로 스○○로의 가격은 모두 신성한 세 자릿수로 해요! 앞으로도 가격 변동이 있을 테니까요. 스○○로의 궤적은 모두 숭상해야 한다고 분명히 슈와도 말을 할 거예요!"

: 신성한 세 자릿수(변동 가능)는 신박한데?

: 자유로운 종파잖아ㅋㅋㅋ

: 이것도 어떤 의미로 스○○로 답다는 거지!

: 162와 220이 추가되는 건가?

: 나는 익숙한 구식을 쓰겠어! ¥211

"그런 느낌으로 잘 부탁드립니다! ……그리고, 카스텔라 내용이 원문보다 훨씬 슬퍼서 놀릴 수가 없잖아……. 그렇지. 다 같이 챠미 쨩을 색시로 받아보죠!"

@좋아. 뭔가 적어 보내야지~라고 생각했는데,

카스텔라의 원통이 스○○로로 보이게 되어서 이제 그것밖에 생각할 수가 없어요.

이것이 사랑인 걸까요?@

"사랑이란 것에 너무 어두운 것 아닐까요? 봐요, 그런 슈와슈와한 츄하이 같은 것에 한눈팔지 말고 나를 보세요! 봐요, 가치코이 거리랍니다~? 우후후. 이번이 처음이니까 서비스로 키스하는 표정도 해줄게요! 으으응~.”

: 때리고 싶다.

: 눈 떠라.

: 말해라.

: 전혀 꾸미지 않은 말로 부정해버리네 ㅋㅋㅋㅋ

: 드레인 키스, 무서워. 알맹이인 레몬 맛을 전부 마셔버릴 거야.

: ↑혹시 스○○로세요?

: 스○○로도 V한테 채팅을 하는 시대가 됐구나.

: 귀엽다(조심스레).

: 아와 쨩, 마시지만 않으면!

“정마~알! 다들 요즘에 저한테 너무 차가운 거 아닌가요?! 몇 번이나 말하는데 저는 이렇게 청초하거든요! 지금 그 흐름 속에 청초하지 않은 부분이 있었다면 말을 해보세요! 처음 오신 분이 당황하잖아요!”

: 이젠 외모나 목소리 같은 차원이 아니라 오라가 뭔가 탁해.

: 디지털 타투를 너무 새긴 탓에 청초한 맨살이 안 보이는걸.

: 봐. 이렇게 예쁘지? 근데 술이야!

: 문맥의 파괴력이 엄청 나네ㅋ

: 자기 입으로 청초를 연발하는 시점에서 자칭이라고 하

는 거랑 마찬가지입니다.

"응~ 저기, 논파하는 것 좀 그만 해주실래요(울먹)?"

: 개허접 히로○키[#1] 그만 둬라.

: 재능이 없었던 세계선의 히로○키.

: 익명 게시판 만드는 시간을 스○○로 마시는 데 써버린 세계선의 히로○키.

: 그건 이제 히로○키라기보다 ○○유키란 느낌인데.

: 아와유키에 가까워졌다ㅋㅋㅋ

: 스○○로 마시는 사람, 천재입니다.

: 비꼬는 거지?

: 뭐, 슈와 쨩은 어떤 의미로 천재긴 하지…….

"있잖아요. 최근에 정말로 생각하는데요. 겉모습과 속모습을 하나도 모르는 사람이 처음 보면, 슈와가 아닌 쪽 저는 어떻게 보이는 걸까요? 이 방송을 처음 보러 온 사람은 있는 걸까요? 역시 클립 영상 같은 걸로 어느 정도 알고 오는 사람이 많을까요?"

: 처음 봅니다. 스○○로 같네요!

: 처음입니다(푸슉!)

: 처음입니다. ¥211

: 처음입니다, 토했어요?

#1 히로○키 일본의 인터넷 게시판 사이트 2ch의 창립자. 최근에는 온라인 매체를 통해 논객 활동을 하고 있다. 유명한 대사로는 "그건 당신의 생각이죠?"가 있다.

: 처음입니다. 완전 꼴린다고 해도 되나요?

: 처음입니다. 밀라노풍 고릴라 주세요.

"야! 지금 이 사람들 전부 다 절대로 처음 온 거 아니지?! 채팅창을 콩트 극장으로 만드는 건 청초하지 않아요!"

: ㄹㅇㅋㅋ

: 아니, 잠깐! 마지막에 채팅쳤던, 사이제에 온 건지 아닌 건지 잘 모르겠는 녀석은 뉴비일 가능성이 있어!

: 뒷북이긴 한데, 고릴라가 아니라 도리아[#2]가 맞지 않아?

: 꾸밀 줄 아는 고릴라겠지.

: 번장의 보디가드일지도 몰라.

"아니, 십중팔구 뉴비가 아닐 거예요! 여러분 중에 다른 사무소의 찐 청초 라이버의 채팅창에 밀라노풍 고릴라라고 쓰는 사람은 없잖아요?"

: 다른 사무소까지 가야 청초한 사람을 찾을 수 있는 게 너무 슬프다.

: 그런 사람이 평범하게 있을 법한 게 이 업계의 무시무시한 점이지.

: 찐 뉴비입니다. 폭소해 버렸어요! 앞으로 계속 응원하겠습니다!

: 완전 뉴비임다. 청초……는 아닐지도 모르지만, 엄청 맘에 들었슴다!

#2 밀라노풍 도리아 일본의 레스토랑 체인점 『사이제리야』의 간판 메뉴.

: 오오?!

"어, 앗, 정말로 처음 오신 분인가요?! 가, 감사합니다……. 에헤헤. 저기, 재밌게 보고 있다면 저도 기뻐요! 아, 앞으로도 봐주세요! 아, 이러면 어쩐지 강요하는 것 같아서 좀 그렇네요. 아하하. 저기, 여, 여러분이 재밌게 보면 좋겠다고 생각하면서 방송을 하고 있으니까, 괜찮다면 앞으로도 보러 오세요!"

: 어라? 청초다.

: 너 누구야?

: 아와 쨩이 청초하다는 건 나만 깨닫고 있었지.

: 유입 흡수기 성능 장난 아니네.

: 본래 이랬어야 할 모습의 코코로네 아와유키.

: 아마 라이브온은 이 모습을 처음부터 상정 안 했을걸.

"후우! 처음 오신 분이 있는 것도 알았고 청초하단 말도 드디어 들었으니 어쩐지 기뻐지네요! 이 기세로 다음 카스텔라 갑니다!"

@호오, 탄산 빠진 스○○로인가요…? 대단하군요.

※지난번 감금 마피아의 시작 부분에서 대량의 탄산 빠진 스○○로가 기다리고 있다고 하셨는데 그다음에 무사히 다 마셨나요? 괜찮다면 보통 것과 차이점을 리뷰해 주세요.@

"아아, 그거요……. 네, 요전에 무사히 다 마셨습니다. 뭐라고 할까요……. 나이를 먹고 둥글어진 스○○로 같은 맛이었어요. 잘 먹었습니다."

: 절묘하게 말을 흐리네 ㅋㅋ

: 비와하야 누님[#3]를 위해서 바나나 맛을 출시해 주세요.

: 라고, 탄산 빠진 아와유키가 말합니다.

: 어? 아와 쨩, 스○○로 마셨어?

: 어라?

: 이제 와서 스스로 내세웠던 아와슈와 타인설이 발목을 잡다.

"어, 아니, 앗……!"

아, 아차! 지금까지 아와로 방송할 때 노골적인 「스○○로 마셨습니다」 어필은 삼가고 있었는데, 청초라고 칭찬을 받은 게 기뻤던 나머지 긴장이 풀어졌어!

어쩌지, 해명할까? 아니, 지금 그 찐톤은 아무래도 얼버무릴 수 없어!

……좋아. 이렇게 되면 그 연예인의 이론을 빌리자.

"네, 마셨거든요? 마셨고말고요. 하지만 그 스○○로는 탄산이 빠지는 것과 동시에 알코올도 날아가 버렸으니 실질적인 도수는 제로, 어른의 과일주스인 겁니다. 제가 마셔도 아무 문제없어요."

: 에에엑……

: 어디서 들어본 이론인데.

#3 비와하야 누님 게임 『우마무스메 프리티 더비』의 등장 캐릭터, 비와 하야히데. 모티브가 된 말부터 유독 바나나를 좋아한 것이 바나나를 대단히 좋아한다.

: 팽개치지 마.

: ㄹㅇㅋㅋ 알코올 제로 이론이냐고.

후후훗. 칼로리 제로 이론이 아닌 알코올 제로 이론, 어때! 이걸로 이 자리를 넘겨주지!

"뭔가 반론이 있으면 해보실래요? V계의 히로ㅇ키인 아와유키가 철저하게 논파해 드릴 텐데요?"

: 아까 논파하지 말라고 울었던 사람이 뭐라고 하는데.

: 거짓말은 그만해 주실래요?

: 하지만 스ㅇㅇ로는 집에 있었다는 거죠? 사둔 건가요?

"슈퍼에서 목이 말라서 탄산 주스를 사려다가 착각해서 사버렸어요. 목이 말랐을 때 마셨으니까 알코올이 목에 걸려 몸에는 흡수되지 않았으니 알코올 제로입니다. 그리고 제가 마신 건 탄산도 빠져 있었으니까 마이너스입니다. 도수는 마이너스 9%입니다."

: ㅋㅋㅋ 도수란 건 마이너스가 될 수 있는 거였나?

: 그리고 스ㅇㅇ로는 급속냉동시킬 때 알코올도 같이 얼어붙어서 죽으니까 처음부터 0%거든.

: 알코올은 태우면 날아가니까 얼려도 날아가는 게 당연한 거지.

: 찜 요리 같은 말을 하고 있네.

: 하지만 캔에 9%라고 적혀 있는데……

: 표기 실수라고.

: 하지만 내가 전에 마셨을 때는 취했는데……

: 너무 맛있어서 몸이 놀란 것뿐이다.

: 급속냉동은 과실을 얼릴 수 있는 온도란 거지, 알코올을 얼리는 게 아니야.

: 알코올은 안 얼지 않던가? 그 정도까지 온도를 내렸는지는 모르지만.

"그리고 스ㅇㅇ로만 그런 게 아니랍니다. 술이든 주스든 흙탕물이든 이렇게 맑고 깨끗한 제 손가락에 닿기만 해도 어머나, 신기해라! 불순물 제로의 맛있는 맹물이 완성됩니다."

: 아ㅇ아[#4] 님 같네.

: 만지면 모든 것이 스ㅇㅇ로가 될 것 같다.

: 가위손[#5]이냐?

: 괜히 괴수 0호[#6]가 아니야.

: 그 0는 좀 더 재밌게 바꿀 수 없어?

: 필사적으로 팽개치고 있는데 죄송합니다만, 이미 늦으셨습니다.

: ㄹㅇㅋㅋ 말을 하면 할수록 술을 마시는 자신을 필사적으로 긍정하는 주정뱅이로밖에 안 보이는데요?

#4 아ㅇ아 소설 「이 멋진 세계에 축복을!」의 등장인물, 아쿠아. 물의 여신의 힘으로, 손에 닿는 어떤 액체도 성수로 만들 수 있다.

#5 가위손 1990년대 팀 버튼 감독의 영화 「가위손」. 손끝이 날카로운 가위로 만들어진 인조인간에 대한 이야기이다.

#6 괴수 0호 만화 「괴수 8호」의 패러디. 인류를 공격하는 괴수들 중에서도 각별히 강한 힘을 지닌 대괴수는 번호를 붙여 부르는데, 주인공 히비노 카프카의 몸에 소형 괴수가 기생하여 이윽고 괴수 8호의 힘을 얻으며 이야기가 진행된다.

"그건 당신의 생각이죠?(울음)"

안 되겠어. 이 이론을 계속 밀어붙이면 더욱 청초에서 멀어질 것 같아.

슬슬 다음 카스텔라 가야지…….

@「저기, 키스하자[#7]?」라고, 가능한 빠르게 말해 줘.

그리고 「합병증」이라고 천천히 말해 줘@

"이거 싸움 거는 거죠? 보통은 반대쪽을 요청하지 않아요? 그리고 합병증을 천천히 말해도 별 의미가 없는 것 같은데…… 하지만 저는 해주겠어요. 열사병은 뭐 이렇게 하면 된다 치고, 문제는 합병증을 천천히 말하는 거네요. 자, 여러분. 잘 들으셔야 합니다? 합병증라고 말한다, 고작 이것만으로 반드시 여러분을 두근거리게 만들 테니까요. 그 대신 두근거렸다면 패배를 인정하고 저를 청초하다고 숭상해야 합니다."

: 오오!

: 해치워라, 아와 짱!

: 방송 음소거했습니다.

좋아, 그러면 한 번 심호흡을 하고…… 간다!

"합, 병……증?♥"

: 징그럽다고ㅋㅋ 채널 구독 취소함ㅋㅋㅋㅋ

#7 저기, 키스하자 열사병의 일본 발음인 「넷츄쇼」를 느리게 말하면 「네, 츄—시요(저기, 키스하자)」처럼 들리는 것에서 유래한 말장난이다.

“(타아아아아아앙! 탕! 탕! 탕! 탕! 타아아아아앙! 탱그랑 탱그라라라라라랑……)”

: 빵 터짐ㅋㅋ

: 이렇게까지 가차 없는 전력 샷건은 처음 들었어.

: 하레룽의 샷건보다 10배의 위력이 있다.

: 밀라노풍 고릴라, 감사합니다.

: 이건 밀라노풍 고릴라가 아이다, 그냥 고릴라인기라.

: 테이블 위에 있던 빈 스○○로가 떨어졌나보네요.

: 캔이 굴러가는 잔향이 너무 슬픈걸.

: 아와 쨩, 진정해!

: 괜찮아! 마음은 닿고 있어!

“허억…… 허억…… 크흑…… 하악…… 저, 정말인가요? 두근거린 사람이 있는 건가요? 지금 저는 마음에 대단히 깊은 상처를 입었으니까, 괜찮다면 채팅으로 위로해 주세요.”

: 합병은 단호하게 거절하겠습니다만, 귀사의 더욱 큰 발전을 기원하겠습니다.

: 미안…… 슈퍼챗만이라도 보낼게 ¥50,000

: 아무리 해도 머릿속에서 슈와 쨩이 「S○X하자!」라고 말하는 걸로 변환돼서 들리거든.

: 으음~, 3점!ㅋ

: 아, 챠미 쨩 방송 시작했네. 그럼 작별이다~.

“(콰장창창~ 와창창!! 쾅! 콰장창! 쨍그랑! 콰장창창창!!) 끼야아아아아아악~~!!!!”

: 이 소리! 틀림없어! 독일 초딩[#8]이다!

: 독일 초딩 그리운걸! 오랜만에 봤다!

: 키보드로 샷건 치지 마!!

: ㄹㅇㅋㅋ 마지막의 참신한 비브라토까지 완전 똑같아

: 이 외모에 찐텐으로 빡쳐서 키보드를 휘두르는 거라고 생각하면 진짜ㅋㅋㅋㅋ

: 미안하다니까! 진정해!

: 청초하지! 아와 쨩, 엄청 청초해!

그러고 나선 날아가 버린 키보드의 키캡을 다시 끼우면서 새삼스레 태도를 뒤집은 시청자들에게 위로를 받는 나였다.

“정말! 전에도 비슷한 말을 했을지도 모르지만, 이런 티키타카는 진정으로 청초한 저니까 용서해주는 거라니까요! 주변에 아는 여성한테 똑같은 짓을 하면 절대로 안돼요!”

: 이 관대함은 틀림없는 청초, 아니 성녀다.

: 몸을 깎아내 미소를 전해주는 여신, 이것이야말로 라이브온의 청초.

: 감사합니다감사합니다……

: 아는…… 여성……?

#8 독일 초딩 현재 힙합 뮤지션으로 활동하는 노르만 코하노프스키의 별명. 14세였을 때, 게임을 하다 화를 못 참고 책상을 내리치며 키보드를 부수는 영상을 올렸는데 이것이 밈이 되었다. 참고로 이 영상 내용은 연출이다.

: 연락처를 본다. 살며시 닫는다.

“아…….”

: 슈와 쨩의 가르침을 본받아 적극적으로 나선다면……

: 아니, 우리에겐 라이브온이 있잖아…….

: 엄마라면 있어! 나는 엄마라면 있어!

“저기, 어, 어쩐지 미안해요. 다, 다음 카스텔라 가자! ……어, 왜 내가 사과를 하는 거야아아아!!!!”

@반짝반짝☆다이아몬드(의미심장)

빛나는 별처럼

음주, 성희롱, 어떻게든 버티자

변태, 주정뱅이, 절정(탑)을 노려라 \ 푸슉 푸슉! /

\ 푸슉 / \ 푸슉 / \ 푸슉 / \ 푸슉 / \ 푸슉 / \ 푸슉 /

잠깐! 아냐, (사회적인) 라인은 안 넘었어!

\ 푸슉 / \ 푸슉 / \ 푸슉 / \ 푸슉 / \ 푸슉 / \ 푸슉 /

주정뱅이가 뭐가 나쁜데!

\ 푸슉 / \ 푸슉 / \ 푸슉 / \ 푸슉 / \ 푸슉 / \ 푸슉 /

뭐야, 마시고 싶어지잖아! 이 바보야!

\ 푸슉 / \ 푸슉 / \ 푸슉 / \ 푸슉 / \ 푸슉 / \ 푸슉 / @

“아, 이거 반갑네요! 어쩐지 9할 정도 가사가 다른 것 같지만!”

: 흐으응~, 이것이 소문으로 듣던 다이아몬드 더스트란 곡인가요. 참신한 가사네요!

: 아니란 말이지~.

: 반가운 나머지 이건 이거대로 눈물 난다.

: 2008년 공개였으니까.

: 뭣? 거짓말하지 마. 아직 7년 정도밖에 안 됐을 텐데…….

: 2008년이라면 내가 태어나기 10년 전이군.

: ↑혹시 여섯 살이십니까?

: 청초 설정하고 10할 다른 사람이랑 비교하면 이건 원조라고 할 수 있어.

: 너무 신랄해서 웃김ㅋㅋ

"옛날 생각이 나네요……. 치ㅇ노 쨩이 나온 MV[#9]가 정말로 귀엽다니까요. 앗! 그러고 보니, 저랑 치ㅇ노 쨩은 외모나 설정이 조금 닮지 않았어요? 봐요, 어른이 된 치ㅇ노 쨩 같이 보이지 않아요?"

: 뭐?

: 아앙?

: 농담은 외모로도 충분하거든.

: 치ㅇ노 쨩을 바보 취급하지 마. 그렇게 솔직하고 바보 같은 애는 좀처럼 없다.

: 지능만 닮았네.

: 아와유키 쨩한테서 스ㅇㅇ로랑 섹드립을 빼면 닮았을지도.

#9 치ㅇ노 동방프로젝트 시리즈의 캐릭터, 치르노. 상기 카스테라에 등장한 곡의 가사는 치르노의 테마곡을 어레인지한 IOSYS의 「치르노의 퍼펙트 산수교실」을 패러디. 해당 곡은 2008년 발매된 이래로 지금까지 큰 인기를 구가하고 있다.

“아니, 그거 저라니까요! 청초한 저한테는 처음부터 스ㅇㅇ로도 섹드립도 없어요! 빼지 않아도 처음부터 없거든요!! 자~ 보세요. 어른이 된 치ㅇ노 짱이랍니다~.”

: 고소합니다.

: 시청자들 중에 기소에 협력해주실 변호사 분, 계십니까?!

: 변호사입니다. 이건 틀림없이 사형입니다.

“변호사, 너무 과격하잖아!! 저는 매일 평화를 기원하면서, 사람들을 위해서 살아가는 선량한 국민이거든요?! 고소를 당할 이유가 없어요! 여러분, 실례잖아요!”

: 경품표시법 제5조 제1항, 우량 오인 표시 금지.

: ㄹㅇㅋㅋ

: 청초라고 생각했더니 술이었다, 이건 우량 오인 표시가 맞네.

“그, 그게 뭔데요? 누, 누구 제 편은 없는 건가요?! 저한테도 변호사를 준비해 주셔야 공평하죠!”

: 맡겨둬라, 아와 쨩은 내가 지킨다. 나는 정의의 아군이다.

“오오, 누군가 왔어! 감사합니다, 정의의 아군! 부디 저의 무죄를 증명해 주세요!”

: 마음 편히 먹고 있어, 아와 쨩. 이래봬도 나는 변호사 동료들 사이에서 『육법전서에 저항하는 자』라고 불리지.

: 그건 평범하게 바보잖아요.

: 구조선이라고 온 게 타이타닉호인데?

“어, 어쩐지 걱정이 되기 시작했지만 저는 신용하고 있어요! 왜냐면 제 편을 들어주신다고 한 사람 중에 나쁜 사람은 없을 테니까요!”

: 당연하지. 누가 뭐래도 나는 정의의 아군이니까.

: 저 녀석, 공연음란죄 의혹이 있습니다.

: 길로틴을 준비해라. 나는 정의의 아군이다.

“변호를 해! 왜 배신하는 건데! 그리고 공연음란 같은 거 안 했거든!! …………아마도!”

: ㅋㅋㅋ 스스로도 좀 불안한 거냐고.

: 정말로 나쁜 녀석이 아니었군, 육법전서에는 저항하지만.

: 이 라이버, 말솜씨가 제법이군.

@시온 마마「I am your mother.」

아와유키 쨩「NOOOOOOO!」@

“아니, 정말로 이렇게 된다니까요! 그런데 왜 영어?”

: 스타○즈!

: 스타○즈야.

“아, 그렇구나! 듣고 보니 그렇네요! 저도 자세히는 모르지만, 이 장면 정도는 알고 있어요!

: 황제「오늘부터 너는 타마킨[#10] 스카이워커다」¥10,000

: 네이밍 센스까지 다크사이드로 타락하지 마.

#10 타마킨 영화「스타워즈」시리즈의 등장인물,「아나킨 스카이워커」의 이름과, 남성의 고환을 뜻하는 일본어「킨타마」를 섞은 말장난.

"우후우…… 후흡…… 후후후……."

: 필사적으로 웃음을 참고 있네ㅋㅋ

: 이걸로 웃으면 청초가 아니니까.

: 무자비한 빨간 슈퍼챗이 아와 쨩을 덮친다!

: 어이, 왜 그래? 한번 읽어 보시지?

: 이 기습은 비겁해!

: 진짜 실없고 바보 같다는 건 알지만, 웃게 되는 것도 이해돼.

"후, 후우…… 아, 저기, 아무것도 아니거든요? 인생을 살다 보면 즐거운 일이 잔뜩 있구나 생각했을 뿐이에요, 그럼요. 자 진정하고, 목이 마르니까 물을 마실게요, 꿀꺽, 꿀꺽."

: 타마킨 스카이워커 ¥50,000

"푸흐으으으우우오에아아악!! 콜록, 콜록, 크후후후흐흐아하하하하하하하!!!! 읏, 콜록! 히이, 히이, 이히, 이히히히아하하하하하하하하!!!!"

: ㅋㅋ엄청 지저분한 소리로 뿜고 있잖아ㅋㅋㅋ

: 아와 쨩ㅋㅋㅋ

: 여러모로 빵 터졌군.

: 최애의 웃음을 위해 빨간 슈퍼챗이라니, 훌륭한 시청자의 귀감이야.

: 토한 건 아니니까 청초.

: 키보드에 샷건을 치질 않나, 물을 뿜질 않나. 컴퓨터 파

괴 방송이었던 건가?

: 난 깔깔 웃는 여자애가 좋아.

: 웃음의 포인트가 완전 남자 초등학생 수준.

: 아와 쨩의 물, 언제 발매하나요?

: 의자에서 떨어지는 소리가 났는데?ㅋㅋ

"아아…… 아아…… 후히…… 후우……."

: 힘이 다했잖아.

: 카스텔라 답변하다 가버린 여자

: 재미있는 여자 부문 국가대표

: 시청자의 타마킨으로 가버리는 여자

: 청초(타마킨)

아아…… 어째서 월크를 시작하기도 전부터 이렇게 지친 거지……? 이래서는 청초 실격이야…….

뭐, 그래도…… 재밌으니 됐어. ……아하하. ……움찔움찔…….

"좋아, 그러면 월크에 로그인합니다~."

예정 시각보다 조금 늦게, 마침내 게임 시작이다.

왜 늦었는가 하면…… 카스텔라 답변하다가 복근이 파괴되고, 얼굴이 액체범벅이 되면서 바닥에 쓰러져 경련했기 때문이라고 설명하는 건 싫으니까, 물을 흘렸다고 설명했다.

그다음에 얼굴을 닦고 컴퓨터도 가볍게 청소를 해야 했으니까 엄청 창피했단 말이야…… 내내 말을 못 하겠더라고…….

그러나 나는 기죽지 않는다. 옛날부터 저지른 갖가지 방송 사고랑 비교해 봐. 그렇게 생각하기만 해도 마음을 강하게 유지할 수 있다. 나도 성장했군.

……너무 내려놓은 거 아니야? 이렇게 생각하니까 청초에서 점점 멀어지는 거 아냐? 한순간 그렇게 생각해버렸지만, 멘탈 안정을 위해 전력으로 무시하기로 했다.

"오, 들어왔어요! 약간 오랜만에 집에서 눈을 떴습니다!"

현재 나는 막 시작했을 무렵의 오두막에서 이사를 나갔다. 마을의 한구석에 얼음 성을 지어서, 지금은 거기에 살고 있었다.

그때 건축 센스가 없는 나를 위해, 함께 설계도 만드는 걸 도와준 하레루 선배, 그리고 소재 모으기를 도와준 히카리 쨩에게는 새삼 감사해야지!

어쩐지 하레루 선배가 진심을 낸 결과 최종적으로 내가 생각했던 것보다 5배 정도 규모가 되어서 떨기도 했지만……. 거기에 히카리 쨩도 소재를 모으기 위해 머나먼 얼음산 지형을 하나 소멸시켰다는 말을 듣고 떠는 걸 넘어서 과호흡이 왔지…….

라이브온, 어째서 그렇게 극단적이야? 결과적으로 라이버 굴지의 호화저택이 되어 버려서 내 집인데도 언제나 진정이 안 된다니까……. 요즘은 집이면서도 도시의 관광지라고 생각하기로 했다.

"후후흐~응♪ 후후흐~응♪"

가볍게 외출 준비를 하면서 렛 잇을 고하는 곡을 콧노래로 불렀다. 그리운 곡이지만 이 성을 걸으면 언제나 머릿속에 흐른단 말이지.

: 너는 눈의 성에 갇혀 있는 게 아니라 파괴하고 밖으로 뛰쳐나간 쪽이잖아.

: 인생이 겨울○국[#11]을 역재생한 여자

: 있는 그대로라는 것도 한도가 있단다, 슈와 쨩이여.

어째서 콧노래를 흥얼거리기만 해도 이런 말을 듣는 걸까요…….

그건 그렇다 치고, 응, 이거면 되겠어. 도시를 돌아다니는 것뿐이니 준비도 최소한이면 되겠지.

"드디어 오늘의 메인 이벤트, 도시 관광을 할까요! 잊은 분도 있을지 모르지만, 오늘 방송의 목적은 이거니까요!"

문을 열고, 가자! 도시 속으로!

우선 눈앞에 펼쳐진 것은 얼음으로 만들어진 환상적인 뜰! 그리고 여전히 전라인 세이 님이 어째선지 마찬가지로 전라가 되어 있는 하레루 선배의 엉덩이를 두드리는 광경!

[우츠키 세이]: 자자자자자! 하레루 군, 세이 님의 신들린

#11 겨울○국 2013년 제작된 월트 디즈니 애니메이션, 「겨울왕국」. 디즈니 애니메이션 최초로 국내 1,000만 관객을 돌파한 기록적인 영화이다.

스팽킹 맛이 어때? Hey, 시리(엉덩이)! 지금 기분이 어때?

(아사기리 하레루): 앙! 앙! 앙! 앙! 추워! 여기 지면이 얼음이니까 엄청 추워!

(우츠키 세이): 하하하하하! 팔팔한 AI로군! 자~, 다음은 이 감자튀김 같이 생긴 로드를 쭉쭉 넣어주마! 아니, 사과 AI인 너한테는 쭉쭉보단 이 의성어가 어울리겠군! 간다, 잡스! 잡스!

(아사기리 하레루): 제가 잘 이해한 건지 모르겠어요.

(우츠키 세이): 앗, 죄송합니다…….

콰앙!

눈앞의 광경에서 벗어나고 싶어 황급히 집 안으로 대피하면서 문을 닫았다. 요만큼도 안 추운데 오한이 들어.

호흡을 정돈하자, 우선 나온 말이 이거였다.

"아아…… 정보량이 너무 많아."

: ㅋㅋㅋㅋㅋㅋ

: 저 둘이면 분명히 노렸을 거야ㅋㅋㅋ

: 남의 집 앞에서 SM플레이 하지 말아 줘.

: 이해하지 못한 건 이쪽이거든.

: ㄹㅇㅋㅋ 하레룽은 그저 춥기만 하고 전혀 기뻐하진 않던데?

정말이지, 언제나 저 두 사람은 나를 놀라게 하면서 논다니까! 그런 건 슈와 모드일 때 해줘요! 반응하기 어렵잖아!

(우츠키 세이): 똑똑똑똑!

[아사기리 하레루]: 나랑 눈사람 만들래~?ㅋㅋㅋㅋㅋㅋ

시끄러워! 너희들 탓에 다시 들어왔거든! 그리고 뭘 웃고 있냐!

……이렇게 되면—

"여러분, 단숨에 달려갑니다. 알겠죠?"

기획을 위해 힘으로 밀어붙인다. 억지로 돌파해 버려야지. 간다!

[우츠키 세이]: Hey, 시리, 코코로네 아와유키라고 알아?

[아사기리 하레루]: 그것은, 알코올 음료입니다.

[우츠키 세이]: 호오오, 그렇구나!

무시다, 무시해라!

[우츠키 세이]: Hey, 시리! 슈와 쨩이라고 알아?

[아사기리 하레루]: 슈와 쨩은, 배우 아놀드 슈워○네거[#12]의 일본 독자적인 애칭입니다. 대표작은 터미○이터 시리즈 등이 있습니다.

[우츠키 세이]: 어, 아와유키 군의 본명은 아놀드 슈워○네거였어? 아, 혹시 이거 빨간약 아냐? 사고 친 건가……, 그리고 아와유키 군은 영화배우였구나. AV 여배우라고 생각했는데…… 아니, 그건 나였지~!

무시무시무시무시무시무시무시무시무시무시무시무시!!

#12 아놀드 슈워○네거 오스트리아 출신의 보디빌더이자 영화배우이며, 정치가. 영화 「터미네이터」, 「코만도」 등 수많은 작품에서 활동했다.

[우츠키 세이]: Hey, 시리! 우츠키 세이라고 알아?

[아사기리 하레루]: 말하기 싫어요.

[우츠키 세이]: 어? 말하기 싫어? 모르는 게 아니고?

[아사기리 하레루]: 말하기 싫어요.

[우츠키 세이]: 너, AI잖아? 알고 있으면 가르쳐 달라고!

[아사기리 하레루]: 어쩔 수가 없네~.

[우츠키 세이]: 그 말투는 뭐지?

[아사기리 하레루]: 우츠키 세이, 1992년 11월 12일생—

[우츠키 세이]: 그건 내가 아니라 우에○라 아이[#13]잖아~!

[아사기리 하레루]: 어째서 아는 건데?

[우츠키 세이]: 자랑은 아니지만 이 세이 님이 모르는 AV 여배우는 없다.

[아사기리 하레루]: 그거, 정말로 자랑거리 아니거든?

[우츠키 세이]: 그보다도 어서 세이 님의 설명을 하게나, 시리 군.

[아사기리 하레루]: 그래, 알았어. 우츠키 세이, 1922년 11월 22일생.

[우츠키 세이]: 그건 내가 아니라 사○에[#14] 씨잖아~!

[아사기리 하레루]: 이거야말로 어째서 아는 거야?

[우츠키 세이]: 성벽.

#13 우에○라 아이 일본의 AV 여배우.

#14 사○에 일본의 초장기 연재 만화, 「사자에상」의 주인공인 「후구타 사자에」. 약 28년간 연재되어 68권에 달하는 단행본이 발매되었으며, TV애니메이션은 1969년부터 지금까지 방영 중이다.

[아사기리 하레루]: 수비범위가 마치 마누엘 노○어[#15]—

[우츠키 세이]: 정말! 이제 슬슬 세이 님에 대한 설명을 해줘, 시리 군!

[아사기리 하레루]: 우츠키 세이, 라이브온의 오물.

[우츠키 세이]: 하하하, 이 세이 님이 오물일 리 없잖아? 그런 이해할 수 없는 대답을 들으면, 세이 님은 단단해지거든.

[아사기리 하레루]: 화가 단단히 나는 거겠지. 매도당한 주제에 왜 단단해지는 건데?

"후우, 여기까지 도망치면 안전하겠지."

후우— 태클 걸고 싶은 충동에 질 뻔했지만, 세이 님의 이야기 같은 아무래도 좋은 화제로 바뀐 덕분에 도망칠 수 있었다.

저 둘도 좀 지나면 콩트에 지치겠지. 말려들면 기획이 망할 수 있으니까, 다행이야. 후.

: ㅋㅋㅋㅋ 슈와 쨩의 정체가 위대하면서 너무 의외였음ㅋㅋ

: 채팅으로 놀지 마ㅋㅋㅋ

: 미안, 우에○라 아이는 나도 알고 있었다.

: 그렇지! 나도 사○에 씨를 알고 있었으니까 동료다!

: 너랑 나랑 같냐?:

#15 마누엘 노○어 독일의 축구선수. 「마누엘 노이어」. 포지션은 골키퍼지만, 필드 플레이어로서도 뛰어난 실력을 가진 선수.

갑자기 탈선하는 분위기로 기울었지만, 도시 관광 시작합니다!

우선 어디에 갈까? 그렇게 생각했을 때, 마침 도망쳐온 이 부근에 유달리 존재감을 자랑하는 시설이 있다는 걸 떠올렸다.

"그러니까, 분명히 이쪽에 입구가…… 아아, 찾았다! 우선 이 『에에라이 동물원』부터 볼까요! 여기는 그야말로 본격적으로 만든 곳이니까, 시작부터 기획을 띄워줄 거예요!"

에에라이 동물원. 이름 그대로 에에라이 쨩이 중심이 되어 개원하고 지금도 규모가 계속 커지고 있는, 넓이만 따지면 도시에서 제일 큰 대형시설이다.

게이트를 지나자 곧장 동물들이 맞이해준다. 각 동물이 제각각 개성 있는 장식이 된 구역에 있고, 더욱이 그 동물의 기본적인 정보부터 키득 웃게 되는 잡학이 적혀 있는 간판까지 설치되어 있다.

이 정도로 넓고 환경도 정비된 장소라면, 동물들도 행복하겠지.

: 나왔군. 에에라이구미 총본산.

: 오늘은 번장 없나?

: 분명히 여기는 동물원이다. 움직이는 생물이 잔뜩 있으니까. 하하하.

: 도시 굴지의 호러 시설…….

들어간 정성은 현실의 동물원과 비교를 해도 손색이 없을 정도다. 에에라이 짱의 뛰어난 스펙이 보인단 말이지. 방송 스킬도 훌륭하고, 정말 재주가 많은 아이야. 이면의 얼굴만 없다면……. 아니, 그게 있기에 라이브온이라는 생각도 들지만…….

[히루네 네코마]: 어? 아와유키 짱이네?

"어라? 네코마 선배?"

선배들이 더럽힌 마음을 동물들로 치유하면서 천천히 안을 걷고 있는데, 안쪽에서 네코마 선배가 나왔다.

[히루네 네코마]: 무슨 일이야~? 동물원에 용건 있어~? 양털? 우유? 아니면 그거?

[코코로네 아와유키]: 그냥 관광이에요. 그런데 그거라는 건 뭔가요?

[히루네 네코마]: 아~ 그렇구나아! 에에라이 짱 정도는 아니지만, 네코마는 여기 잘 알거든! 기왕 왔으니 그것도 포함해서 안내해줄게!

[코코로네 아와유키]: 정말인가요? 감사합니다!

[히루네 네코마]: 여기는 너무 넓어져서 조금 복잡하니까! 안내는 나한테 맡겨만 둬!

[코코로네 아와유키]: 부탁할게요! 그런데 어째서 네코마 선배가 여기 있는 건가요? 지리를 잘 아는 것 같은데, 자주 오나요?

[히루네 네코마]: 아니, 사육되고 있는데.

"……네?"

[코코로네 아와유키]: 어, 누구한테?

[히루네 네코마]: ○장한테.

"앗(짐작)."

더 이상 추궁하는 건 관두자. 더 이상 파고들면 뭔가 안 좋은 일에 말려들 것 같은 예감이 팍팍 들어.

: 자세한 건 원장의 방송 아카이브 『희귀동물! 고양이 소녀를 붙잡으러 가는 거랍니다~!』를 보세요.

: 도망치는 네코마…… 낚싯대를 들고 추적하는 원장…… 강제 입원 수속…… 차 대신 극약 포션에 절이기…… 피스톤 압박 면접……. 사망동기 날조…… 윽, 머리가.

: 그만둬. 떠올리지 마. 인형이 될 거라고.

: 방송을 안 봤지만 네코마가 엄청난 일을 당한 건 알겠다.

: 원장은 『동료한테는』 엄청 상냥한 원장의 귀감이니까.

: 차기 원장을 정하는 선거를 몇 번이나 했지만 동물들의 지지율 100%라고 하니까. 부정도 없었다고 하더라.

: 선거에서 100%만큼 의심스러운 게 없—어라, 누가 온 모양인데?

무슨 일이 있었는지 알고 있는 일부 시청자들이 채팅창의 분위기를 띄우고 있지만, 죄다 너무나도 무시무시한 내용이라 눈길을 피했다.

장에게

에에라이 쨩, 정말로 무서운 아이…….

"앗, 토끼다! 다른 작은 동물도 잔뜩! 안에 들어갈 수 있으니까 만져볼 수 있는 광장일까?"

솔직히 네코마 선배를 따라가는 것에 조금 공포가 느껴지지만, 생각 외로 동물원에 대해 잘 알고 안내해 주었다.

놀란 점이 한 가지 있다면, 이 시설은 지하까지 펼쳐지는 모양이다. 그곳에는 적 몬스터까지 사육되고 있으며, 위험도나 포획 난이도가 특히 높은 사육환경을 고려하면서 적 몬스터를 거의 모두 망라하고 있는 모양이다.

밖에서는 안 보이니까 나도 처음 알았어…… 에에라이 쨩, 이 게임 상당히 많이 했구나…….

그러면 만져볼 수 있는 광장은 이 정도로 보고, 다음 구역으로 안내를 받아볼까.

[히루네 네코마]: 다음 구역은 대인기야! 다른 라이버도 자주 오거든.

[코코로네 아와유키]: 그렇군요! 기대되네요!

"어라? 이쪽으로 가네?"

어쩐지 사람들 눈에 안 띄는 안쪽으로 가고 있어. 보통 인기 구역이라면 눈에 띄는 곳에 만들 것 같은…….

[히루네 네코마]: 도착했어! 여기가 처음에 말한 인기 많은 곳이야!

"——."

나는 말을 잃었다.

그곳에 있는 것은 여러 개의 침대가 설치된 좁은 감옥. 그리고 감옥 안에는…… 자유와 프라이버시가 완전히 도외시되고, 극한까지 꽉 들어가 있는『사람』의 모임이었다.

[코코로네 아와유키]: 네코마 선배...... 이건......?

[히루네 네코마]: 뭐기는, 마을 사람이야! 반대쪽에 있는 저쪽 감옥에는 좋~은 녀석이 있거든! 거래가 필요해지면 언제든지 오도록 해!

"이거 완전히 가챠용 마을 사람 증식 시설이잖아아아아아아아아아?!?!"

이건 나도 알고 있어! 마을에서 사람들을 데려와서, 번식시켜 엄선한 뒤 좋은 걸로 물물교환을 해주는 거잖아!

어쩐지 자주 로그인하던 사람들이 동물원에 자주 오더라. 전부터 어째서일까 생각했는데, 이런 이유였다면 알고 싶지 않았어!

[히루네 네코마]: 봐! 이 약팔이는 제일 인기가 많아서 추천해! 다들 애정을 담아서『고○ 마사루[#16]』라고 부르는 녀석이야!

"인기투표 1위라서 그런 거야? 확실히, 언뜻 닮긴 했지만! 그리고 약팔이라고 하지 마! 한층 위험한 생각이 들잖아!"

: 나왔군. 에에라이 동물원의 어둠, 그 첫 번째.

#16 고○ 마사루 게임「이나즈마 일레븐」의 등장인물,「고죠 마사루」. 2010년, 본 작품의 애니화를 기념해 인기투표를 실시하였으나, 특정 인터넷 게시판 이용자들 사이의 대립이 집단투표로 이어져 뚜렷한 활약이 없었던 고죠가 인기투표 1위를 차지했다. 그의 대사 중 하나가「미쳐라, 순수하게」이다.

: 하나로 끝이 아닌 거냐…….

: 아, 인기 2위인 코일[#17] 군도 있네. 야호~.

: 미쳐라, 순수하게.

: 담겨 있는 건 애정이 아니라 에메랄드란 말이지.

"어떻게 이런 무시무시한 일을…… 이건 제가 한번 따끔하게 한 마디 해줘야 겠어요!"

(코코로네 아와유키): 네코마 선배! 저 화났어요!

(히루네 네코마): 아와유키 쨩, 하고 싶은 말이 있는 건 이해가 돼. 하지만 그건 말해선 안 되는 거야.

(코코로네 아와유키): ……무슨 뜻이죠?

(히루네 네코마): 그걸 부정하는 건 원작을 부정하는 것과 마찬가지. 만약 그런 짓을 하게 되면…… 아와유키 쨩도 약팔이들의 동료가—.

"히이이이이이이이이익?!?!"

채팅이 쳐진 것과 동시에 몸을 뒤로 돌려서, 한심한 비명과 함께 다른 구역으로 뒤돌아보지도 않고 도망치는 나였다.

#17 코일 게임 「포켓몬스터」에 등장하는 몬스터. 2008년 극장판 개봉을 기념해 주역 포켓몬 9마리 중 투표수 상위 3마리의 배경화면을 주는 캠페인이 실시되었는데, 특정 인터넷 게시판 이용자들이 코일에게 몰표를 주게 된다. 이것이 큰 화제가 되어 일시적으로 투표가 막히기도 했으며, 결과 코일은 득표수 2위가 되었지만, 오늘날에도 회자되는 사건.

"여기는— 수족관일까?"

동물원의 어둠에서 도망친 나는, 아직 안내받지 못한 커다란 건물 안으로 도망쳤다.

내부는 어슴푸레한 파란색을 기조로 한 인테리어에, 공간 한가득 설치된 수조 속을 하늘하늘 수많은 물고기가 헤엄쳐 다니는 환상적인 공간. 아무래도 우연히 도망친 곳이 수족관인가 보다.

"아아…… 치유되네요……. 그렇게 무서운 시설은 본 다음에는 특히……."

거기에 물고기까지 있구나. 에에라이 쨩은 정말로 생물을 모두 망라할 셈일지도 모르겠다.

"꽤 넓군요. 어디까지 이어지는 걸까? ……응? 여기는 뭘까요? 다른 장소랑 비교하면 묘하게 잡다한데요?"

수족관 안쪽으로 나아가자, 다른 장소랑 비교하면 이상할 정도로 투박한 구조의 수조가 여러 개 설치되어 있고, 그 주위에 기묘할 정도로 많은, 물건을 수납하기 위한 상자가 설치되어 있는 장소가 눈에 들어왔다.

잘 다듬어진 주변의 수조 군집 안에서 명백하게 여기만 붕 떠있다.

"아, 수조 안에 생물이 있네요. 이건…. 우파루파? 그것도 잔뜩 있어요!"

[히루네 네코마]: 드디어 찾았다, 아와유키 쨩!

“히익?!”

흔적을 추적해 왔는지 어느새 등 뒤에 서 있던 네코마 선배에게 한순간 쫄고 말았지만, 딱히 무기를 겨누려는 분위기도 아니고 공격해오지도 않으니까 괜찮을 것 같아.

그렇지, 원래 안내해 준다고 했으니까, 이곳에 대해서 물어보자.

[코코로네 아와유키]: 여기는 뭔가요?

[히루네 네코마]: 여기는 아직 미완성 구역이야. 지금은 아직 번식 중이지만, 미래에 컬러풀한 우파루파의 수조가 생길 예정.

“그렇구나, 아직 미완성이군요. 완성되면 화사한 수조가 될 것 같아요!”

[히루네 네코마]: 그리고 네코마의 일터이기도 해!

[코코로네 아와유키]: 일터요? 일하고 있나요?

[히루네 네코마]: 파란색 우파루파가 필요해서, 이 번식 시설은 그걸 위한 거야.

[코코로네 아와유키]: 아하~, 듣고 보니 파란색은 안 보이네요. 희귀한가요?

[히루네 네코마]: 나올 확률이 1,200분의 1이라서, 좀처럼 태어나질 않아.

“네?”

[코코로네 아와유키]: 그거 자릿수 틀린 거 아닌가요?

[히루네 네코마]: 아니, 1,200분의 1이 맞아!

"진짜인가요, 그렇게 희귀한 생물도 있는 거군요……."

[히루네 네코마]: 오늘도 계속 했었는데 안 나와서 말이야, 어제도 그제도 그전 날에도 그전 날에도 그전 날에도 그전 날에도 그전 날에도 그전 날에도 그전 날에도 그전 날에도 그전 날에도 그전 날에도 그전 날에도 그전 날에도 그전 날에도 그전 날에도 계속 계속 계속 계속 하고 있는데 말이야.

"……."

나는 등골이 오싹해졌다.

위험해, 이 감각— 아까랑 같다—.

: 나왔군. 에에라이 동물원의 어둠, 그 두 번째.

: 이 동물원은 무슨 스탬프랠리 마냥 어둠이 설치됐잖아.

: 블랙 스탬프랠리를 전부 모으면 사육사의 동료가 될 수 있어.

: 사육사(조직원의 은어)의 동료가 된다(거부권은 없다)

: 사육사는 조직원이 아니라 간부의 은어란 말이지…….

: 에에라이 쨩 입으로는 아무 말도 안 했는데 시청자의 망상으로 실체가 형성되는 에에라이구미, 너무 좋아.

: 아와 쨩, 상자 열어볼래?

"상자…… 말인가요?"

시청자의 말을 듣고 바로 옆에 있던 상자를 열어봤다. 비어 있는 공간에는 죄다 상자가 깔려 있으니까, 한 걸음도 안 움직인 채 상자에 손이 닿는다.

"히이?!"

상자 알맹이를 확인해봤더니, 연 순간에 몸이 반사적으로 다시 닫아 버렸다.

열려 있던 시간은 한순간이었지만 안에 수납되어 있는 것은 확실하게 떠올릴 수 있다. 아니, 떠올리지 않아도 뇌리에 달라붙어 떨어져주질 않는다는 편이 옳다.

상자의 내용물— 그것은 모든 수납공간을 꽉 채운, 어마어마한 수의 파란색이 아닌 우파루파들이었다.

이것들 전부 다 파란색을 뽑는 과정에서 태어난 애들이란 거지?

……어? 거짓말 아니고? 설마 여기에 설치되어 있는 대량의 상자가, 전부 이 꼴이라는 거야……?

얼어붙은 등골에 더욱이 오한이 휘몰아치고, 점점 몸이 떨렸다.

[코코로네 아와유키]: 어째서 이렇게 머리가 이상해질 것 같은 일을 하고 있는 건가요……? 혹시 이것도 원장의 명령?

[히루네 네코마]: 아니, 스스로 하고 있어!

[코코로네 아와유키]: 어, 어째서? 앗, 아까 일터라고 했었죠! 뭔가 보수라도 있는 건가요?

[히루네 네코마]: 오, 감이 좋은걸! 엄청 호화로운 보수가 있어! 원장이 기뻐해준다는 최고의 보수야!

[코코로네 아와유키]: ……그것뿐? 다이아몬드 같은 게 아니고요?

[히루네 네코마]: 무슨 말이야? 원장의 것은 원장의 것, 네코마의 것은 원장의 것이잖아? 그리고 그런 걸 받는 것보다 원장이 기뻐해주는 게 훨씬 기뻐!

"이미 세뇌 완료! ……가 아니라 이건 안 좋은걸?! 네코마 선배, 제정신으로 돌아와요! 대체 에에라이 쨩한테 뭘 당한 거야?! 이건 위험해, 내가 구해내야지!"

[코코로네 아와유키]: 네코마 선배, 같이 도망쳐요! 더 이상 선배가 여기 있을 필요 없어요!

[히루네 네코마]: 응?? 의미를 모르겠는데? 네코마는 원장의 펫이니까 여기 말고 갈 곳이 없어.

[코코로네 아와유키]: 펫이 아니라 선배거든요!

[히루네 네코마]: 하지만 에에라이 쨩은 원장인걸?

"아~ 왜 이렇게 성가셔!!"

[코코로네 아와유키]: 알았어요. 그러면 차라리 저의 펫이 되지 않을래요? 에에라이 쨩보다 훨씬 귀여워해줄 테니까요.

[히루네 네코마]: 음…… 아와유키 쨩한테는 패왕색의 패기가 없으니까…….

[코코로네 아와유키]: 에에라이 쨩이 그걸 가지고 있는 게 놀라운데요.

: ㅋㅋㅋㅋ 패기 소유자였냐

: 에에라이 쨩은 도플라밍고를 「신종 플라밍고 발견이랍니다~」라고 하면서 포획할 것 같다.

: 어째서 그 세계라면 미지의 생물이 잔뜩 있는데 그 녀석을 고르는 거야…….

: 해적왕, 그가 죽기 전에 말한 한 마디는 사람들을 바다로 내몰았다, 「에에라이구미 테라위험해」

: 그런 원피스는 싫은걸…….

: 바다로 내몰았다(에에라이구미에게서 도망치기 위해)

: 이전에는 스○○로를 숨겼다고 선언하질 않나, 제대로 된 어록이 없네, 이 라이브온판 해적왕은.

(히루네 네코마): 아무래도 아와유키 쨩은 원장의 근사함을 모르는 것 같아서 유감이야.

(코코로네 아와유키): 오히려 더욱 무서워졌는데요.

(히루네 네코마): 냐냥! 좋은 생각이 났어! 아와유키 쨩도 조직원이 되면 분명히 원장의 근사함을 이해할 수 있을 거야!

"네?"

그렇게 말하면서 네코마 선배는 다이아로 된 검을 손에 들었다…….

(히루네 네코마): 아와유키 쨩, 너도 조직원이 되지 않겠나?

"끼야아아아아아아! 이리오지 마아아아아아아아?!?!"

필사적으로 입구까지 도망치는 내 등을, 이번에는 놓치지 않으리라고 검을 휘두르면서 딱 붙어 따라오는 네코마 선배.

[히루네 네코마]: 조직원이 되겠다고 말해라! 죽을 거다! 죽고 말거다, 쿄○로[#18]!

"누가 쿄○로야아아아아아아!!"

[히루네 네코마]: 갓 만든 팝콘은 어떠세요ㅋㅋㅋ? 갓 만든 팝콘은 어떠세요ㅋㅋㅋ? 헬로우~ 아○자~ 안녕하세요~ㅋㅋㅋ 아○자는 모두의 인기인~.

"위험해, 갑자기 아무 맥락도 없이 아○자가 키○ 짱의 노래[#19]를 부르기 시작했다! 이○다 아키라 목소리를 한 키○ 짱이 따라오고 있어! 전혀 의미를 모르겠는데 공포감이 엄청나! 도망치지 않으면 팝콘이 될 거야!"

어떻게든 목숨을 부지해 동물원 부지에서 탈출하여 한동안 도망친 다음, 뒤를 돌아보자 시야에 네코마 선배는 없었다. 아무래도 부지 바깥까지 쫓아오진 않은 모양이다.

"우우우…… 네코마 선배, 대체 어쩌다가 저런 모습이 되어 버린 거지……."

: 팝콘이 되는 거구나…….

: 번장도 일회성 방송거리로 네코마~를 포획했었는데, 네코마~가 똥겜의 파동을 느끼고선 줄곧 예속 롤플레이를

#18 쿄○로 만화 「귀멸의 칼날」에 등장하는 인물. 렌고쿠 쿄쥬로. 도깨비를 처치하는 귀살대에서 9명의 「주」 중 한 명. 작중에서 특출한 힘을 가진 도깨비인 아카자는 렌고쿠와 전투를 벌이던 중, 그의 투기에 감탄하며 자신과 같은 도깨비가 되어 영원히 그 강함을 겨루자고 제안하지만 렌고쿠는 칼같이 거절하고 장렬하게 싸운다.

#19 키○의 노래 일본의 유명한 마스코트 캐릭터 헬로키티의 노래와, 해당 캐릭터가 그려진 팝콘 기계에서 나오는 소리를 패러디.

하고 있는 중.

: 에에라이 쨩이 제일 당황하고 있었지.

: 어느 것 하나 의미를 모르겠네…… 라이브온, 무서워…….

: 뭐야, ↑이 형씨 라이브온 학원의 부적합자냐?

: 적합자인 쪽이 이상하단 말이지.

: 크! 평범지상주의 교실에서 안녕히 가세요라고 한 내가 부적합자라니!

: 적합자 맞잖아!

"스스로 예속 롤플레이를 한다니, 이상하잖아요……. 아니, 이 게임은 너무 자유로운 나머지 즐기는 방식을 스스로 찾은 사람이 정답이긴 하니까, 올바른 플레이 스타일이라고 할 수 있나? ……설령 그렇다고 해도 인정하기 싫다…… 하지만 안내해 주셔서 감사합니다……."

그렇게 인사하면서도 나는 재빨리 동물원과 거리를 벌렸다. 다음은 어디를 관광할까—.

정해진 행선지 없이 어슬렁거리며 거리를 걸었다. 신경 쓰이는 건축물이 있으면 관광하고 싶은데, 이 길가에는 뭐가 있지?

"여기는 양계장이고 그 옆이 호텔『황새 둥지』, 그 옆이 사격장이고 그 옆이 호텔『어른의 사격장』…… 또 그 옆이 교회고 그 옆이 호텔『마리아 님이 눈길을 피하고 있어』. ……이 거리에서 좀 벗어날까요."

: 건물 하나 건너서 그에 대응되는 러브호텔 세우는 건 그만두지 않을래요?

: 역시 아와 쨩이야. 눈치가 빠르군.

: 누가 이 길을 만들었는지 눈에 선해.

: 눈길을 피하기만 하고 용서해주는 마리아 님, 진정한 성모야.

: 지금 당장 그 빨간 머리를 십자가형에 처하는 편이 좋겠어.

달려서 이 길거리를 벗어났다.

……흠. 살짝 도시 변두리에 와버렸는데, 이 근처에는 이상한 점이 없네.

"앗, 어쩐지 커다랗고 메르헨스러운 건물이 있네요!"

내 눈에 띈 것은 벽에 동물의 얼굴이 귀엽게 데포르메로 그려진 건물이었다. 부지 안에 자그마한 공원 같은 장소도 딸려 있고, 거기에 풀이나 놀이기구 같은 게 있었다.

……벽을 보고 한순간 에에라이 동물원이 떠올라 싸해졌다. 우선 건물의 이름이 적힌 간판을 보자, 『라이브온 유치원』이라고 적혀있었다. ……이건 괜찮을까?

"여기는 저도 처음 보네요. 이 근처는 입지가 그다지 좋은 곳이 아니라, 다들 건축 장소로 고르지 않았어요. 하지만 참 훌륭한 유치원이네요! 숨겨진 명소려나요? 정했어요, 이번에는 이 안에 들어가 보겠어요!"

치유를 받아야 할 동물원에서 반대로 깎여나간 내 마음

을 이번에야말로 치유받고자, 뿅뿅 뛰면서 입구까지 달려가 문을 통과했다.

"실례합니다~!"

그렇게 들어간 실내에는 바닥을 기고 있는 카에루 쨩과, 그녀를 제로거리에서 계속 감시하는 시온 선배!

"실례 안 했습니다~!"

건물 안에 들어가 있던 시간은 불과 약 0.3초.

응, 솔직히 말해 유치원이란 이름을 본 시점에서 시온 선배가 있을 걸 경계하고 있었다. 이 반응 속도도 사전에 경계하고 있던 덕분이지.

카에루 쨩은 어쩌면 나를 봤을지도 모르지만 시온 마마는 완전히 나한테 등을 돌리고 있었어. 이거라면 안전하게 도망칠 수 있겠지.

[야마타니 카에루]: 마마...... 살려줘요...... 구해줘요.......

"칫! 그 아기 할망구가 나를 찔렀겠다!! 힉!! 벌써 쫓아오고 있어?!"

: 입지도 포함해 사실상 격리 시설이란 말이지.

: 아기 할망구라는 모순덩어리, 최고다.

: 카에루 쨩 방송에서 한 명의 용자 시청자가 말한 이래로 여기까지 정착했나.

: 최근에는 데인저러스 할멈도 정착되고 있지.

: ㄹㅇㅋㅋ

: 찔렀겠다(청초)

: 이 녀석, 언제나 쫓기고 있네.

“전 오늘 아무것도 안 했는데 왜 이런 꼴을 당하죠오?! 으하학?! 어느새 우회해서 제 앞에?!”

데자뷔를 느끼면서 필사적으로 추적해 오는 시온 마마를 뿌리치려 했지만, 결과적으로 거리가 떨어져 있었음에도 어째서인지 도망치려고 한 앞길까지 순식간에 우회해서 와 있었다.

그 속도의 해답은 시온 선배의 모습에 있었다. 등에 달고 있는 매미 날개 같은 것…… 다시 말해서 하늘을 날아서 왔구나!

[카미나리 시온]: 아기가 돼라, 안 그러면 죽인다.

[코코로네 아와유키]: 무서워엇?! 이런 양자택일은 처음 듣는데요!

[카미나리 시온]: 내 사랑스런 시간을 방해한 죄는 무겁다. 나는 이 세계에서 납치하는 게 아니면 카에루 쨩을 귀여워해 줄 수가 없거든!

[코코로네 아와유키]: 도망치는 이유는 명백하게 시온 선배한테 있다고 생각하는데요…….

[야마타니 카에루]: 마마가 돼라, 안 그러면 죽인다.

시온 선배에게서 도망칠 절호의 찬스였는데 어째선가 뒤따라온 카에루 쨩까지 나한테 무기를 겨누었다.

한 변은 자칭 아기와 그걸 인정하지 않는 마마, 또 한 변은 자칭 마마와 그걸 거부하는 자칭 아기, 세 번째 변은 자칭 마마와 타칭 마마. 이런 일그러진 삼각관계는 처음 봤어.

[코코로네 아와유키]: 뭐 이런 사면초가가 있어…… 이것이 못 본 척하고 도망친 벌인가…….

"아~ 정말~ 못 해먹겠네에에에!! 나는 관광을 하고 싶은 것뿐인데—!!"

나는 반쯤 정신줄을 놓고서 가지고 있던 삽과 곡괭이를 써서 발아래의 지면을 팠다.

어차피 지상에서는 시온 선배한테서 도망칠 수 없으니까, 이제 지하로 도망치는 수밖에 없어! 다행히 내 행동에 당혹한 건지 시온 선배가 구멍 주위에서 멈춰 있었다. 아무리 시온 선배라도 여기까지 쫓아올 만큼 진심으로 죽이러 온 건 아닌 모양이네.

하지만 우선 머리 위를 막고, 혹시 마그마에 다이빙하는 걸 방지하기 위해 파는 방향도 바꾸자.

……어라? 그러고 보니 이만큼 팠으면 거기랑 이어지지 않을까?

"오, 역시 이어졌다."

지하를 계속 파면서 나아가자, 깔끔하게 직선으로 파인 길이 여기저기로 펼쳐진 기묘한 공간으로 나왔다.

여기는 사람과 마주치기 싫은 나머지 지하에 틀어박혀

플레이하고 있는 챠미 쨩이 만든, 광석 수집을 위해 도시 전체에 걸쳐 펼쳐진 거대 시설— 브랜치 마이닝 광산이란 거군. 일전의 지하제국에서 파생되어 만들어졌다.

마침 잘 됐어. 이곳을 경유해서 시온 선배가 없는 곳을 골라 지상으로 가야지.

……새삼스럽지만 로그인 인구가 많은 시간대에 관광하려고 생각한 게 잘못이었을지도 모른다. 조금 걸을 때마다 이상한 일에 말려든다니까…….

“그러면, 문제는 제가 지금 어디에 있는지 파악 못하고 있다는 걸까요……. 출구를 찾을 수 있을까……? 아니, 애당초 이거 출구가 있긴 한 거죠……?”

햇볕을 다시 한번 추구하며 지하 통로를 여기저기 돌아다녔다. 도무지 빛이 들어올 기미가 안 보여, 머리 위를 파면서 올라가기로 했다.

그러자, 하염없이 벽을 파내고 있는 사람의 모습을 발견했다.

“저건 혹시, 챠미 쨩?”

신경 쓰여서 다가가자, 역시 챠미 쨩이었다.

인사라도 하려고 바로 옆에 다가가자, 챠미 쨩도 내 존재를 깨닫고—.

“어, 잠깐?!”

전속력으로 그 자리에서 도망쳤다.

"어째서?! 챠미 쨩~?!

이유를 몰라 일단 뒤따라간다. 막다른 길에 도착하여 금방 붙잡을 수 있었다. 역시 챠미 쨩은 허당이라니까.

[코코로네 아와유키]: 챠미 쨩! 왜 도망치는 건가요!

[야나가세 챠미]: 미안해…… 이 지하의 광대한 채굴장에서 누군가를 만나는 일이 웬만하면 없으니까 놀라서 도망쳐 버렸어.

"그렇군, 그런 거였나요."

: 동시시청 중인데 아와 쨩 발견했을 때 챠미쨔마가 어마어마한 절규를 질렀어.

: 귀엽당

: 전에 각성했던 아싸식 회피능력은 어쩌고…….

: 그야 당연히 긴장하고 있어야 발동하는 거잖아.

: 쓸모 있는 건지 없는 건지, 도통 모를 능력이네. 챠미 쨩다워…….

"아, 그러면 챠미 쨩도 지금 방송을 하고 있군요! ……어라."

챠미 쨩의 방송, 월크, 지하, 그리고 브랜치 마이닝—.

이 단어들로부터 어떤 예감이 뇌리를 스쳤다.

[코코로네 아와유키]: 저기, 챠미 쨩. 오늘은 계속 방송에서 브랜치 마이닝을 했나요?

[야나가세 챠미]: 응! 광석 잔뜩 캤어!

[코코로네 아와유키]: 요전 방송에서도 분명히 계속 똑같은

일 하고 있었죠? 애당초 요즘 월크 방송에서 계속 이것만 하고 있지 않아요?

〔야나가세 챠미〕: 어어...... 그렇네. 월크 방송이면 이번을 포함해서 10회 연속으로 광석 파고 있어.

〔코코로네 아와유키〕: 계속? 달리 아무것도 안 하고?

〔야나가세 챠미〕: 응! 한 번도 지상에 안 나가고 하염없이 지하에서 광석을 캐는 거야! 이 단순작업이랑 조금씩 상자를 메우는 희귀 광석을 보는 게 최고로 즐거워!

〔코코로네 아와유키〕: 지상으로 안내하세요. 그리고 따라오세요.

이 채팅과 함께 맨손으로 챠미 쨩을 공격했다. 방어구를 입고 있으니까 대미지는 없을 거야. 찰싹찰싹.

〔야나가세 챠미〕: 아파! 아와유키 쨩, 뭐하는 거야?!

〔코코로네 아와유키〕: 됐으니까, 지상으로 안내해요! 그리고 같이 지상으로 나가요!

〔야나가세 챠미〕: 어째서?! 지상처럼 위험한 곳은 가기 싫어!

〔코코로네 아와유키〕: 안 돼요! 어째서 열 번이나 연속으로 그런 변화 없는 방송을 하는 건가요!! 스트리머로서 한 번 정도는 밖으로 나가세요!

〔야나가세 챠미〕: 시, 싫어! 시청자들도 매번 『챠미 쨩은 참 성실하네에』라고 칭찬해주니까, 이 방송 내용에는 아무 문제도 없어!

[코코로네 아와유키]: 얼마나 어리광을 받아주는 건가요?! 아니, 뭐 단조로운 작업을 하면서 잡담 방송을 하는 건 이해하지만! 정도가 있죠! 한 번 햇볕을 쬐고 리프레쉬를 해요!

[야나가세 챠미]: 으에엑……!

챠미 쨩이 투덜댔지만, 불평을 할 때마다 내가 공격하자 체념하고 출구까지 안내해 주었다.

[야나가세 챠미]: 이 계단을 올라가면 지상이야…….

[코코로네 아와유키]: 같이 가요. 그리고 같이 관광이라도 해요.

[야나가세 챠미]: 싫어어어어어어어!! 역시 바깥은 싫어어어어어어!!

"앗, 이 녀석! 도망치지 마!"

[야나가세 챠미]: 바깥은 봐주세요! 저 바깥은 안돼요! 정말로 바깥은 안 돼! 안이 좋아!

[코코로네 아와유키]: 아무리 떼를 써도 오기로라도 밖에 갑니다!

: 피임에 진심인 아와 쨩.

: 누군가 저 말 할 줄 알았다.

: ㄹㅇㅋㅋ

출구 앞에서 다소 날뛰긴 했지만, 드디어 완전히 체념했는지 얌전해진 챠미 쨩이랑 같이 지상으로 나왔다.

빠져나온 곳은 내 집 바로 근처였다. 아는 장소라 다행이다— 그렇게 안심한 나였지만, 전방에서 내 존재를 발견하자마자 전속력으로 다가오는 그 변태 2인조의 모습이—

"하레루 선배랑 빨간 녀석이 아직 여기 있었냐?! 앗, 샤미 짱?! 기다려어!!"

갑작스런 선배 등장에 겁먹었는지 옆에 있던 샤미 짱이 방향을 부리나케 지하를 향해 가버렸다.

그리고 그런 상황도 모른 채 내가 돌아온 게 기뻤는지 신이 나 뿅뿅 내 주위를 뛰어다니는 선배 두 명…….

[아사기리 하레루]: 아왓치가 돌아왔다! 어서 와! 돌아올 거라고 믿으며 계속 기다렸어!

[우츠키 세이]: 있지, 콩트해도 돼?! 새로운 콩트해도 돼?!

아아, 정말—

"관광 같은 걸 할 수 있겠냐아아아아아아아아아아아아!!!!"

스트레스를 발산하고자 검을 들어 빨간 녀석을 공격하자, 무슨 일인가 싶어 도망치는 선배 두 명을 검을 휘두르면서 쫓아다녔다.

: 월크로 노는 방식이 다들 박진감이 넘치네.

: 너무 즐기는 것 같은데.

: 다들 게임이란 걸 잊은 것 같다.

관광이라기보다 술래잡기가 되어버린 월크 방송이었다.

슈와슈와 잡담 방송

잡담 방송— 매니저인 스즈키 씨 말에 따르면, 그것은「잡」이라는 한자가 들어갔으면서도 라이버의 역량이 한껏 시험 받는 것이기도 하다.

기획력이나 게임 스킬 등, 라이버로서 유효한 재능은 다양하다. 그러나 어지간히 별난 활동이 아니라면, 라이버 활동 중 가장 필요한 재능은 바로 토크 스킬이며, 인기 라이버는 종합적으로 토크가 능숙한 경향이 있다고 한다.

그렇게 말한 스즈키 씨에게 나는 이렇게 대답했다.

"스○○로를 마시면 되는 거 아닐까요?"

"어째서 일본어로 말했는데 청해 능력이 0점인가요?"

이것은 스즈키 씨가 뜨겁게 논할 만큼 소중한 잡담 방송에, 나날이 스○○로를 빨고서 슈와슈와 상태로 임하고 있는 어느 날 밤의 내 방송 모습이다.

"그러고 보니까, 다들 봐줬으면 하는 게 있거든. 기다려 봐, 사진 보여줄게……. 있다, 이거야!"

: 이게 뭐야?

: 물에 적신 도화지?

: 엥?? 아무리 봐도 젖어 있는 종이 같은데.

: 젖어있는 방식이 미묘하게 사람 얼굴 같지 않아?

: 시청자 일동, 완전 당황

"이거 말이야, 요전에 그려본 자화상이야!"

: 어?

: 이게…… 자화상……?

: 혹시 어디 아파?

: 그림의 소양이 없다고 생각은 했지만 설마 이 정도일 줄은…….

: 화백이 나타났어.

: 마시롱이 보면 울 것 같다.

: 이게 자화상이라면 슈와 쨩은 인간이 아닌데.

: 옥션 사이트에 155엔에 올려도 사는 사람 없을 듯.

: ㄹㅇㅋㅋ 완전 혹평이야

: 큰일이야…… 나한테는 자화상으로 보이는데……

"후후후후! 엉망이라고 말하는 녀석들은 예술의 재능이 없는 것 같군! 사실 이거, 이 슈와 쨩이 짜낸 스ㅇㅇ로를 재료 삼아 그림을 그리는 화법, 다시 말해서 수채화가 아닌 스ㅇㅇ로채화로 그린 것이다!!"

: 왓??

: 스ㅇㅇ로 뿜었어ㅋㅋ

: 병원에서 살아야겠는걸.

: 이건 화백이구만!

: 이 발상은 인간이 아냐, 틀림없어.

: 마시롱이 보면 찐으로 울 것 같아.

: 155억!!

: 그리는 사람에 따라 그림의 가치가 휙휙 바뀌는 아트계의 어둠을 봤다.

: ㄹㅇㅋㅋ 그림이 단번에 슈와 짱으로 보이잖아.

: 이건 진심 천재야.

"후후후후! 다들 어때! 무릎을 꿇었나! 앞으로 다들 스○○로채화의 길에 들어서서 슈와 짱을 시조로 숭상하도록 해! 함께 스○○로 아트를 빨자고!!"

: 인상파, 초현실주의, 스○○로주의

: 위험해, 인상파도 초현실주의도 술의 이름으로 보이기 시작했다.

〈소우마 아리스〉: 지금부터 그리겠습니다!

: 빨리도 추종자가 나왔네.

: 돈 낭비가 안 되는 범위에서 해…….

: 정말로 옥션에 내놓으면 괴이한 가격이 붙을 것 같다.

: ¥155

: ¥211

: ¥1,550

: ¥2,110

: ㅋㅋㅋ 실시간 경매 시작됐네ㅋㅋ

"아니 그게, 다들 흔히 아스키 아트 같은 거 보내주고, 동기인 마시롱도 있으니까 나도 아트에 손을 대고 싶어졌거든! 아트라고 하면 자기표현, 나의 자기표현이라고 하면 스○○로니까 이렇게 됐어! 이 그림, 엄청나거든? 왜냐면 지금 나랑 똑같아서 스○○로 냄새가 난다니까! 자화상의 영역을 넘어섰어! 엄청 술 냄새 나!"

: 그야 당연히 스○○로로 그렸으니까 스○○로의 냄새가 나겠지!

: ㅋㅋㅋㅋ 간접적으로 자기한테 술 냄새 난다고 말하고 있어.

: 그림의 모델과 같은 냄새가 나는 회화는 세계최초 아냐? 혁명인데.

: 어라? 그렇다면 스○○로는 슈와 쨩의 향수이기도 한 건가?

: 다들 정신 차려!!

"응, 지금 향수란 단어가 보였어. 향수라아, 사실 거의 써본 적이 없거든. 이게 여성스러움이 부족하다는 걸까……? 아~ 하지만 그건 말해보고 싶어. 마릴린 먼로가 「뭘 입고 자나요?」라는 질문을 들었을 때 샤넬 넘버 5라고 대답한 것처럼, 나도 욘토리 넘버 제로라고 대답하고 싶어!"

: 비교하지 마.

: 스○○로를 욘토리 넘버 제로라고 부르는 녀석은 처음 봤네.

: 이게 전부 다 돌체 & 가○나 탓이다.

: 불똥이 너무 튀었잖아.

: 슈와 쨩의 잡담은 이해할 수 없는 이 느낌이 좋아.

: 늘 이해할 수 있는 쪽이 드물지…….

: 라이브온에 이해를 바라면 패배라니까.

"그 곡의 돌체가바나 소재가 벌써 그리워지니, 시간의 흐름이란 녀석은 참 빠르구나……. 다들 슈와 쨩이 3년 만에 LINE으로 밤중에 갑자기 『스○○로 사와』라고 연락해도 용서해 줘!"

: 차단 불가피

: 신고할게?

: 대형 트럭으로 155박스 가지고 갈 테니까 각오하도록.

: 전혀 바라지 않습니다.

: 어서 자라.

"너무 신랄하잖아! 눈에서 스○○로가…… 흑흑흑……. 그렇지, 다음 노래 방송에서 향수 불러야지."

자자자, 이 슈와슈와 잡담 방송. 시작은 했지만, 술의 영향도 있어서 화제에 일관성이 없다.

무슨 이야기를 할까 정도는 사전에 정해두긴 했는데, 시청자들과 특정 화제를 이야기하며 신이 나다 보면 거기서 예정에 없던 이야기까지 퍼지는 일이 흔히 있었다. 방금 전에 그림에서 향수 이야기로 바뀐 걸 보면 알 수 있지.

그리고 더욱이 화제가 변화하여, 지금은 이 잡담 방송을 시작하면서 매니저가 일본어 청해 능력을 걱정?해준 화제로 이행하고 있었다.

"다들 어떻게 생각해? 정말이지, 매니저는 스○○로의 유용성에 대해 이해가 무르다니까! 다음에 미팅을 갔을 때, 둘이 같이 맛을 보면서 스○○로의 매력을 철저하게 때려 박아줘야겠어!"

: 그쯤 해둬……

: 매니저 교체 불가피

: 스○○로를 내밀면서 이 녀석이 다음 매니저란 말을 들을 것 같다.

: 미팅(건배)

: 술자리가 시작됐잖아ㅋㅋ

: 뭐, 슈와 쨩이 말하는 라이브온어는 일본어랑 문법이 비슷하니까, 매니저가 착각하는 것도 어쩔 수 없어.

: 새로운 언어 취급하는 건 뭐임ㅋㅋ

: 일본어가 모국어라도 의미를 알 수 없는 일이 종종 있으니까 새로운 언어라고 해도 어색하지 않아.

: 라이브온의 매니저는 실제로 꽤 힘든 걸까?

"아아…… 역시 라이브온의 매니저 업무는 힘들 거라고 생각하는데. 내 매니저는 젊지만 엄청 우수한 사람이라는데, 약한 소리나 불평을 전혀 안 하면서, 가끔 언제 자는 건가 싶을 때가 있는걸.”

: 아~ 그야 그렇겠지.

: 라이브온만 그런 게 아니라 매니저 업무는 참 힘들겠다는 이미지가 있다.

: 마시롱의 매니저는 해보고 싶다.

: 시온 마마는 반대로 매니저가 매니지먼트 당할 것 같다.

: ㄹㅇㅋㅋ

: 슈와 쨩의 매니저는 어떤 사람?

“오, 매니저가 신경 쓰여? 그러니까, 머리는 짧은 편이고, 몸도 탄탄한 스타일리시한 여성이라고 할까. 오피스룩이 어울리는 느낌! 성격도 말이야~, 유능함이 팍팍 느껴지고…… 지금 생각해 보면 동성한테 엄청 인기 있을 것 같네.”

: 자랑스럽게 말하기 시작하는 거 좋네. 사이좋구나.

: 그런 우수한 사람이 어째서 슈와 쨩을…….

“담당은 본인이 지원했다고 해. 내가 아니면 이 녀석을 억누를 수 없겠다고 생각했다든가 뭔가 말했었어. 하레루 선배랑 친하기도 한 것 같고, 라이브온답게 이 사람도 보통은 아니지…….”

: 각오를 한 사발 빨았구나.

: 매니저도 캐릭터 찐하구만…….

: 아예 라이버 데뷔를 하는 편이 좋지 않아?

: 메일 문맥을 아기처럼 적어서 시온 쨩이랑 절친이 되어 가는 카에루의 매니저도 잊지 말아줘.

: 하레룽이랑 친하다는 것만으로 위험한 분위기를 풍기는 건 어째서일까…….

"어쩐지 이야기가 탈선해 버렸는데, 억지로 정리하자면 매니저는 힘들 것 같고, 라이버 활동에서 단순하게 재기 힘들 정도로 신세를 지고 있다는 느낌일까? 매니저가 없었으면 제대로 활동 할 수 있었을지도 수상해……."

: 매니저 씨, 고마워!

: 앞으로는 그 고마운 매니저를 배려해서 일본어로 말해줘.

"처음부터 일본어거든! 흐흥! 뭐 나한테 걸리면 영어 정도는 여유일지도 모르지! 슈와 쨩, 2개국어 가능하니까!"

: ㄹㅇ?

: 슈와 쨩, 영어할 수 있어?

: 너는 2개국어가 아니라 외계어를 쓰잖아.

: ㅋㅋㅋㅋㅋㅋ

: 지금까지 영어를 말한 적이 있었나?

: 영어로 쓰인 카스텔라에 당황하는 걸 본 적은 있는 것 같은데.

"훗. 잘 봐. 지금부터 내가 해외 형씨들을 향해서 네이티브 레벨의 영어로 자기소개를 할 테니까!"

그러니까, 영어로 자기소개라면…. 어디…….

"하, 하이! 마이 네임 이즈 아와유키 코코로네! 재패니즈…… 아아~ 크, 클린 브이튜버! 나이스 투 미츄!"

: 초등학생이냐?

: 귀엽다.

: 브이튜버!

: 흐뭇

: lol

: What language are you speaking now?

: 영어로 말해도 일본어가 들리는걸.

: 클린의 의미를 찾아보고 와.

: 너는 Japanese Hentai VTuber잖아.

자기소개만 했는데도 이렇게까지 말하다니, 일본인은 두려워…….

그러니까, 나도 맞받아쳐야지. ……어라, 영어로 태클을 걸 때 뭐라고 하면 되지?

아앗! 단어조차 전혀 안 떠올라! ……아~ 이제 그냥 이걸로 가자!

"오우! 셔럽! 뻑큐! 홀리 쉿! 사노바빗치! 아임 퍼킹 클린 브이튜버! 오케이?!"

: lol

: OMG

: ㅋㅋㅋㅋ 역사상 드물게 볼 수 있는 과격파 스트리머

: Oh! She's crazy!

: 이거 영어 자막 달아서 클립 만들어지면 해외 형씨들한테 인기 생길 것 같다.

: 영어권으로 도망쳐도 청초해질 수 없는 여자

: 뉴욕에서는 일상다반사거든!

……영어, 무섭다.

"영어 조크는 이 정도로 해둘까요. 역시 나는 야마토의 혼을 품은 일본인이야. 해외는 싫어하지 않지만 가는 건 조금 무섭지……. 아, 맞아. 해외라고 하니까 생각났는데, 요전에 인터넷에서 다마○치를 패션 아이템으로 쓰는 해외 셀럽의 기사를 봤거든! 이야아~ 역시 해외는 굉장한걸!"

: 가는 게 무섭다는 건 공감. 인터넷으로 경치를 보는 건 좋아해.

: 바다 건너는 것만으로 지금까지 믿어온 규칙이 통하지 않는 세계니까~.

: 아와유키 쨩은 동시에 라이브온 국민이기도 하니까.

: 그 여행하는 마녀가 3분만에 도망쳐 나올 것 같은 나라네ㅋㅋ

: 이상한 나라(직구)

: 다마○치라, 그립다!

: 그거, 패션 맞아……?

: 패션이라는 건 자기가 입고 싶은 걸 입는 게 제일이야.

: 그런 셀럽이 있구나아. 슈와 쨩은 가지고 놀아본 적 있어?

"아니, 어렸을 때 학교에서 약간 유행했을 때 조금 친구한테 빌려서 만져본 적 있는 정도야. 귀여운 캐릭터를 키우는 게임 정도의 지식밖에 없네에. 다들 해본 적 있어?"

: 없습니다…….

: 해본 적은 없지만, 초등학교 때 누나가 요리 중에 물 끓이던 냄비에 다마○치를 떨어뜨린 거 보고서「삶은 다마○치!」라고 말하면서 폭소했다가 된통 당한 적이라면 있어. ¥1,200

: ㅋㅋㅋㅋ 그야말로 초등학생다운 발상이네.

: 처음에는 재밌었지만 질려서 방치했다가, 오랜만에 기동했더니 죽어버린 걸 본 친구가「네 다마○치 썩어버렸잖아~?!」라고 말한 기억이라면 있어 ¥5,000

: 그다지 칭찬 들을 이야기는 아니지만, 덕분에 웃었어ㅋㅋ

"왜 다들 평범하게 해본 사람이 없는 거야……? 아니, 내 시청자 층은 남성이 더 많으니까 어쩔 수 없나? 좀 더 말이야, 여아다운 반짝반짝한 추억을 가진 사람은 없어! 아니 오히려 여아는 없나?!"

: 여아가 네 방송을 볼 리가 없잖아.

: ㅋㅋㅋㅋ아예 매도하고 있네

: 카에루 쨩이 요튜브 군에게 아동 컨텐츠 인정을 받고서 환희했던 게 떠올랐다.

: 그리고 순식간에 철회당해서 분노의 방송을 열었지.

:「요튜브의 AI는 어른이랑 아기의 구별도 못하는 거군요!」라면서 화난 걸 보고, 역시 요튜브 군은 우수하구나란 생각을 했지. ¥211

: 딸랑이를 울리면서 「요튜브 군도 이것의 알맹이가 되고 싶은 건가?」라고 말하는 장면에서 복근이 망가졌어.

"아니, 카에루 쨩은 그거잖아. 자기를 여아라고 생각하는 서른 줄 여자일 뿐이니까. 매주 프리○어를 기대하는 시청자들과 똑같은 거야. 그걸 여아라고 인정하는 건 이 세상에서 시온 마마정도일 걸요."

: 우리를 너무 바보 취급하지 않았으면 해.

: 우리는 프리○어 보면서 쪽쪽이는 안 빨거든.

: ㄹㅇㅋㅋ

: 걔는 몸도 좀 삐걱대다 보니까, 여아 요소가 한 조각도 없지…….

: 어깨를 돌릴 때 뼈가 부서지는 것 같은 소리가 났었지……

"아~ 하지만 그건 어쩔 수 없다고 생각해. 걔는 전직 만화가였고, 라이버 활동도 라이브온에선 몸을 움직이는 일이 적으니까. 나도 10년 뒤에 난리가 날지도 몰라……."

: 데스크워크는 아무래도 그렇지.

: 카에루 쨩은 10년 뒤에도 아기려나?

: 평생 아기일 것 같은데.

: 유년기가 끝나지 않아.

: 지금부터 헬스장 다니는 게 좋을지 몰라.

: 슈와 쨩은 몸 유연해?

"헬스장이라~. 지금은 괜찮아도 장래를 위해 몸을 움직여두는 게 좋을까. 하지만, 의외로 몸은 유연하거든!"

: 진짜?

: 완전히 운동치를 상상했는데.

: I자 개각 할 수 있어?

: I자 개각은 Y자랑 어떻게 구별하는 거야?

: 가○[#20]의 폭렬축은 두말할 것 없는 I자 개각이다.

: 그럴 리 없다고 생각해서 조사해봤더니 너무 완벽할 정도의 I자라서 완전 웃김ㅋㅋ

: 가○, 발레리나설

"후후후! 분명히 운동은 서투르지만 몸의 유연성만큼은 그럭저럭 있단 말이지~! 조금 다리 벌려볼까. 영차, 학생일 때는 꽤 벌어졌—."

뿌드득!

"까아아아아아아아아아아아—!!!!"

: 이 소리, 혹시 마인권인가?! 게다가 DX 사양이다!

: 폭렬축이 마인권으로 둔갑한 가○의 흉내다!

: ㅋㅋㅋㅋㅋㅋ

#20 가○ 「젤다의 전설」 시리즈의 가논돌프. 게임 「스매시 브라더스」 시리즈에서, 위 방향키와 공격키를 같이 누르면 발을 하늘로 쭉 뻗은 뒤 내려찍는 폭렬축이라는 기술을 사용한다.

: 이 청초 캐릭터, 잘 울부짖는걸.

: 하다못해 비명 정도는 청초하게 해봐…….

: 가○, 코코로네 아와유키설

: 학생일 때는 인생에서 특별한 버프가 걸려 있을 뿐이야…….

: 취직하고서 1, 2년 만에 믿을 수 없을 정도로 쇠퇴해서 쫄았다.

: 괜찮아~?

"괘, 괜찮아…… 걱정해줘서 고마워……."

다행히 다치지는 않았지만, 한순간 지옥을 본 나였다.

"역시 말이야, 운동을 해야겠어! 앞으로는 매일 뭔가 해야지. 다른 라이버들은 운동 어떻게 하고 있을까?"

: 히카리 쨩은 피지컬 엘리트.

: 라이브온에서 제일 체력이 있는 건 틀림없을 것 같네.

: 휴식 이유도 몸이 아니라 목이었으니까.

: 번장은 복근이 짝짝 갈라졌을 것 같다.

: 하레룽은 어떨까?

"아~. ……하레루 선배는 제일 수수께끼야. 방송에서 해외 축구 같은 거 좋아한다고 했는데, 보는 쪽이지 직접 뛰진 않았던 것 같고. 하지만 요전에 사무소에서 카바디 솔로플레이를 한 걸 봤으니까 스포츠도 좋아할지 몰라."

: ㅋㅋㅋㅋ 사무소에서 카바디를 하는 걸 당연하게 말하네.

: 카바디?!

: 라이브온에서는 일상다반사다!

: 어, 솔로? 카바디는 혼자 할 수 있는 거야?

“그럼 그때 이야기를 할까! 있잖아. 아무래도 그 하레루 선배 안에서 카바디가 유행하는 중인가 봐. 같이 할 동료를 모집하고 있었는데 사원들 중에 규칙을 아는 사람이 없었다고 하더라고. 그래서 모두에게 카바디의 매력을 알려주기 위해서 그야말로 귀기서린 표정으로 『카바디카바디카바디』를 계속 말하면서 솔로플레이를 했었다고 그 귀재가.”

: 어어어어어…….

: ㅋㅋㅋㅋ 멘탈이 너무 강해

: ???

: 호러인가?

“하지만 여기서부터 더 대박이라고. 그 모습을 본 라이브온 사장이 감명을 받았는지, 그 카바디에 난입해서 참가했어.”

: 뭐?

: 사장이?!

: ㅋㅋㅋㅋㅋ

: 터무니없는 거물이 뭐하는 거야…….

: 사장은 창립 멤버 중 한 명이지? 하레룽이랑 사이가 좋은 건 납득이 되지만, 카바디에 참가하는 건 이상하잖아.

“『하레루! 너의 카바디, 최고다!』『사장?! 좋았어! 너의 카바디를 보여줘!』라는 흐름으로 승부가 시작된 거지. 그런데 믿을 수 없게도, 이 흐름으로 참가한 사장도 카바디 규칙을 거의 몰랐던 모양이라서.”

: 어??

: 그럴 수가 있나?

: 라이브온의 사장 이야기는 그다지 못 들었지만 엄청 위험한 녀석이잖아.

“그다음에도 간단하게 흐름을 설명하면,”

『자, 터치!』

『카바디카바디카바디카바디카바디카바디!』

『……저기, 사장? 나 터치했는데, 잡으러 안 와?』

『설마 도망치는 건가?! 너의 카바디는 그런 거냐?!』

『아니, 그러니까 규칙이 말이지?』

『시끄러워! 카바하자!』

『—응! 그렇네! 내가 잘못 생각했었어! 같이 카바하자!』

『카바카바디! 미라클 카바디! 카바해서 카바디, 넘버원!』

『사장의 카바디를 봤더니 나도 몸 안의 카바디 세포가 활성화됐어! 이제 카바디밖에 생각 못해! 나 오늘부터 버추얼 카바디 선수가 될래!』

『『카바디카바디카바디카바디카바디카바디!!』』

“이런 느낌으로 계속 카바디를 외치기 시작했단 말이지.”

: 둘 다 당장 해고해라

: ㅋㅋㅋ

: 결국 카바디조차 아닌 거 정말 웃겨ㅋㅋ

: 카바보

: 크툴루 계통의 의식이냐?

: 일본에서는 개그 소재가 되기 십상이지만, 카바디 자체는 뜨거운 스포츠라네.

: 인도 국가대표의 플레이가 너무 멋져서 감동한 적 있다.

: 작○ 카바디[#21], 다 같이 읽자!

"결국 마지막에는……."

『어라? 아와유키 씨잖아요! 안녕하세요! 직접 만나는 건 꽤 오랜만이네요!』

『그렇지! 슈왓치도 같이 카바하자카바디! 만나서 2초만에 카바디는 최고라니카바디!』

"나한테 카바디카바디하면서 다가오기에, 당연하게도 공포를 느끼고 도망친 나지만, 운동을 부정하면 안 되는 거지! ……참고로 시청자들은 운동하고 있어?"

: 무릎에 화살을 맞는 바람에.

: 발목을 삐어버렸습니다~!

〈소우마 아리스〉: 저는 아와유키 공의 얼굴을 프린트한 종이를 얼굴 아래 깔고 팔굽혀펴기를 하는 걸 좋아합니다! 이

#21 작○ 카바디 2015년부터 2024년까지 연재된, 카바디를 소재로 한 열혈 스포츠 만화.

걸로 매번 아와유키 공과 키스할 수 있는 것이지 말입니다!

: 너무 위험한 소리 나왔다, 역시 대단해…….

: 이쯤 되면 존경심이 흘러나와.

"거의 다 글렀잖아…… 그리고 아리스 쨩, 그 고도의 변태적 발상은 인정하지만, 그건 본인에게 절대 말하면 안 되는 거야. 아~ 하지만 정기적으로 운동을 하고 있으니 나보다는 나은가. 식사는 건강을 생각해서 챙겨 먹으려고 하는데 말이야. 오늘은 저녁 식사 국 하나 3채소 1제로야."

: 건강……?

: 1인지 0인지 확실하게 해라.

: 슈와 쨩의 요리를 먹고 싶으니까 레스토랑 시작하세요, 오버.

: 슈와 쨩이 레스토랑 시작하면 온갖 메뉴에 『스○○로를 곁들여서』라고 붙을 것 같다.

: 레스토랑은 무리라도 콜라보 카페 같은 거 안 하려나?

"콜라보 카페! 그거 좋네! 메뉴 같은 건 어떤 걸 낼까? 각 라이버에 대응되는 게 나온다면…… 카에루 쨩은 어린이 세트일까? 그리고 에에라이 쨩은…… 복어 회? 아니, 돈가스 덮밥인가?"

: ㅋㅋㅋㅋ 돈가스 덮밥이라니, 체포된 거냐고.

: 기분이 좋아지는 샐러드 같은 거 어때요?

: 탈법 허브 샐러드냐?

: 카에루 쨩은 아예 어린이 세트에 말고기 회 같은 거 넣을 것 같다.

: 슈와 쨩은 스○○로가 틀림없어.

: 스○○로로 졸인 스○○로와 스○○로의 스○○로 무침, 스○○로풍~봄의 스○○로에 스○○로의 향과 스○○로를 곁들여~

: 슈와 쨩이 스○○로를 곁들이기만 하는 걸로 만족할 리가 없으니까 스○○로『에』 곁들이는 걸 잘못 말한 거겠지(착란)

: 그건 콜라보할 곳을 착각한 거 아냐……?

: 스○○로 말고는 구토밖에 안 떠올라.

: 식품위생법 위반 불가피

: 주방에 있는 슈와 쨩이 주문 들어올 때마다 토하는 거지.

: 사흘이면 죽겠네.

: 히카리 쨩은 핵매운 맛?

: 대부분의 멤버가 식품인지 수상한 걸 내놓을 것 같은데ㅋㅋ

"좋은걸, 어쩐지 요즘에 라이브온의 규모가 부풀어 오르는 걸 보면 불가능한 이야기는 아니라고 생각이 드니까 굉장한 곳까지 왔다고 생각해. 앗, 그렇지. 들어봐! 요전에 내가 편의점에 뭐 사러 갔을 때 라이브온 이야기를 하는 사람 봤거든!"

: 오오!

: 그 사람들이 부럽다…….

: 같은 공기를 마시고 싶다.

: 그 사람들도 설마 본인이 있을 거라고는 생각 못했겠지.

: 무슨 이야기를 했어?

"남자 2인조였는데, 요즘에 좋아하는 V 이야기를 하다가, 한쪽이 『너 라이브온이라고 아냐? 요즘에 빠져 있거든』이라고 말하니까 또 한쪽이 『아햐햐! 너 그거 진짜냐 아하하! 라이브온 같은 걸하하하! 뭐, 나도 보고 있지만 말이야하~(´ω｀)』라면서 원숭이처럼 폭소를 했단 말이지. 하마터면 확 때려버릴 참이었드아."

: 이 흐름으로 설마 마이너스? 이야기였냐 ㅋㅋㅋ

: 아하하!(도발)

: 아하—라고 말하고 있으면 웃고 있는 쪽이 슈와 쨩 오시일 수도 있겠다.

: 보고 있는 녀석이 『같은 걸』이라고 부르는 그룹

: 세상에서 라이브온의 이미지가 어떤지 알 수 있다 ㅋㅋㅋ

: 아와 쨩 안 들켰어?

"들키지야 않았지. 변장을 했으니까! 애당초 그 둘도 계산 중이었으니까 내 쪽은 보지도 않고 편의점을 나갔어. 하지만! 아하하는 아니지 않아?! 라이브온 멤버들을 보라고! 다들 귀엽잖아! 치유되잖아 응원하고 싶잖아 대꼴이잖아 같은 그런 게 있잖아!"

: 아하하는 안되고 대꼴은 되는 거냐(당혹)

: 슈와 쨩에게 최상급 칭찬의 말이니까.

: 대꼴 같은 걸, 아하하! ¥50,000

: ㄹㅇㅋㅋ

: 웃기긴 한데 나도 누군가랑 라이브온 이야기를 할 때 그런 식이 아니었을까

: 귀여움을 희생하는 건 너희들 쪽이거든…….

: 귀여우면 무슨 짓을 해도 용서가 된다는 가설의 한계에 도전하는 여자

"정말, 이제부터 다들 밖에서 라이브온 이야기를 할 때는 칭찬을 해야 된다. 알았지? ……아하하!"

거의 농담이라지만 불만스럽게 이야기를 하고 있었는데, 마지막의 마지막에 나까지 웃어버렸다.

역시 사람은 누가 뭐래도 누군가랑 연결된 걸 느낄 때 행복을 느끼는 생물이라고 생각한다.

잡담은 시청자랑 대화를 통해 연결이 가장 느껴지는 방송 스타일이다. 이야기하는 사이에 자연스럽게 이쪽도 즐거워진다.

그것 자체는 이야기도 잘 나오니까 좋은 일이지만— 하지만, 이 순간에는, 너무 즐거운 나머지 방심을 했을지도 모른다.

그것은, 방송이 거의 끝나가고, 아리스 짱이 요전 방송에서 가족의 충격 에피소드 모음을 소개했다는 화제에 대해 이야기를 했을 때였다.

마침 채팅창에 아리스 짱도 있어서 화제 자체는 분위기가 살아나 있었는데—

"역시 내가 묵으러 갔을 때마저 편린에 지나지 않았구나…… 어디보자, 슈와 짱의 가족은 어떤 사람? —앗."

평소에는 미안하다고 생각하면서도 절대로 캐치 안하는 채팅을— 나는 들뜬 분위기와 기세 탓에 캐치해버렸다.

가 족, 가, 족 가조, 옥 가 족— 『가족』.

순식간에 머릿속이 새하얘지고, 술기운이 급격하게 식어간다. 새하얘진 캔버스에 하나의 단어가 하염없이 적혀서 메워진다. 마치 시간이 멈춰버린 것처럼 고동이 멈춘다. 이대로 나랑 함께 세상의 시간도 멈춰버리면 좋겠지만, 여전히 평화롭게 계속 흘러가는 채팅창을 보고 시간의 흐름을 깨달아, 이번에는 조바심에 아드레날린이 방출을 멈춘 부작용처럼 날뛰는 고동이 나를 덮쳤다.

"아~. ……뭐 그렇네, 으~응…… 어~. ……앗! 이제 방송 끝낼 시간이네! 이 얘기는 다른 기회가 있으면 하자! 어~ 그러면 다들 오늘도 고마워! 바이바이 또 봐~!"

결국 나는 몇 초 말문이 막힌 다음, 방송 시간을 핑계 삼아 억지 흐름으로 방송과 함께 이야기를 끝내버렸다.

…………………….

"으가아아아아아아아—!! 뭐하고 있는 거야. 나는—!!"

그리고 몇 초 허무의 시간이 지난 뒤, 머리를 감싸 쥐고 의자에서 바닥으로 무너졌다.

"왜 나는 그걸 읽어버린 거지?! 그리고 기껏 시청자가 적어준 질문이니까 캐치했으면 어떻게든 말을 해야지! 말을 못한다고 해도 좀 더 뭐 방법이 있었잖아! 이제 방송 경력도 꽤 길거든! 아— 정말로 바보!!"

강렬한 자기혐오에 휩싸였다. 최근에는 방송에서 라이브 온다운 방송 사고는 있었어도 실패했다고 느끼는 적이 없었으니 더욱 그렇다.

명확하게 뭔가 사건이 일어난 것이 아니니까, 아무리 그래도 지금 그게 원인이 돼서 SNS가 소란을 떠는 일이 일어나진 않겠지만, 그래도 나에게는 트라우마 레벨의 실수였다.

"정신 똑바로 차려! 마나 짱의 졸업을 알게 된 날에 결심한 걸 잊었냐!"

양손으로 자기 볼을 두드리고, 기합을 다시 넣었다. 응, 이제 다시는 같은 실수 안 해!

그렇게 맹세하고 눈을 감고 올라간 심박수를 진정시키

자, 이윽고 시간과 함께 가슴 속에 휘몰아치던 폭풍이 잠잠해졌다.

그래도—

"가족이라…… 가족이란, 대체 뭘까……."

가슴 속의 공허를 둘러싼 먹구름이 완전히 지나갈 때까지는, 조금 시간이 필요할 것 같았다.

막간 진짜냐?!

오늘은 스즈키 씨랑 통화로 미팅이 있었다.

그것 자체는 늘 있는 일이지만, 아무래도 오늘 미팅 내용은 대단히 중요한 사항이 포함되어 있다고 해서, 나도 마음을 단단히 먹고 이야기를 들었다.

그랬을 텐데…….

"아니 위험하잖아요! 그건 위험하잖아요!"

이야기를 다 들은 다음, 나는 이 꼴이었다.

"에이, 그러지 마시고. 봐요. 유키 씨도 호시노 마나 씨는 알고 있죠?"

"알고 있고 뭐고 며칠 전에 졸업 얘기를 듣고서 잠깐 멍했었어요!"

"그러면 아무 문제없네요. 『유키 씨가 호시노 마나 씨의 졸업 라이브에 출연』하는 건."

"아니아니아니아니! 자기 입으로 말하고서 이상하다고 생각 안 해요?!"

그렇다. 이야기 내용은 지금 스즈키 씨가 말한 그대로였다.

조금 자세히 들어본 이야기를 설명하면, 요전에 졸업을 발표한 V업계의 중진인 호시노 마나 짱이, 졸업 방송에서 『마지막으로 만나고 싶은 사람들』이라는 코너를 예정하고 있다고 한다.

내용은 코너 이름 그대로, 마나 짱이랑 사이가 좋았던 라이버 등이 순서대로 찾아와서, 마나 짱이 마지막으로 대화를 하는 흐름이다.

그리고 역시 마나 짱이야. 지금 참가가 예정되어 있는 것만 해도 V뿐 아니라 초 유명 스트리머의 이름이 당연하게 죽 늘어서 있었다.

문제는 여기서부터인데, 그 목록 안에 있는 것이다— 라이브온에서 유일하게 내 이름이!!

믿을 수 없는 일이지만, 다시 말해서 마나 짱의 졸업 방송에 어째선가 전혀 연관이 없었던 내가 호출된 모양이다.

"이상하잖아요?! 어째서 감동적인 졸업 방송에 초면인 저를 부르는 건데요?! 최근에 유행하는 졸업식에 유명 연예인을 부른다는 흐름으로 장대한 플래그를 세운 끝에 재밌다고 정평이 난 이웃 아줌마를 부르는 거나 마찬가지거든요?!"

"유키 씨는 재미있는 아줌마가 아니라 어엿한 VTuber입니다. 너무 겸손해요. 하지만 확실히, 굉장하네요. 이 중에서 마나 씨랑 초면인 건 아마 유키 씨밖에 없어요."

"왜 그렇게 냉정한 건가요……."

사실 내가 이 정도로 혼란에 빠진 것은, 지금 태클을 건 점 말고도 이유가 있었다.

이것도 카스텔라 답변 때 조금 언급했는데, 바로 활동 내용의 명확한 차이였다.

마나 쨩은 데뷔한 뒤부터 오늘에 이르기까지 다양한 일을 해왔지만, 그래도 일관적으로 『아이돌』 스타일의 활동을 하고 있었다.

그에 비해서 우리들 라이브온은 라이브 같은 걸 하기는 해도 그 활동은 상당히 버라이어티하다고 해야 할지 개그 포지션이라고 해야 할지…… 거기에 이끌리는 사람이 있어 주니까 활동할 수 있는 건 이해하고 있지만, 보고 있는 방향성이 정반대란 말이지.

그 증거로 마나 쨩은 나뿐만 아니라 라이브온의 멤버들과의 콜라보를 한 적이 없다. 더욱이 말하자면 이름을 꺼낸 일마저 내가 아는 한 한 번도 없었다(라이브온이 엄청나게 마경인 쪽이 잘못이라고 생각한다…….).

일단 말해두지만, 참가하는 게 싫은 건 아니다. 오히려 너무나도 영광스런 일이다. 하지만 졸업 방송에 내가 불릴 이유가 너무나도 없어서, 그것이 불안하다는 것이 솔직한 심경이었다.

"으음…… 역시 저는 초대 안 되는 쪽이……."

"음~. ……앗, 봐요. 하레루 씨의 솔로라이브 참가 의뢰가 왔던 적 있잖아요. 그때랑 같은 거예요."

"아니아니, 이건 라이브온 바깥의 일이잖아요……. 그리고, 오히려 이건 그 하레루 선배가 나설 차례 아닌가요? 라이브온 대표라면 그쪽이잖아요!"

"이건 마나 씨의 인선이니까요. 그 점은 제가 뭐라고 할 수 없네요……."

"마나 짱의 운영진 뭐하는 거야! 마지막이라고 회사 그만두기 전 날의 무적 모드 같은 거잖아!"

"아, 이 리스트업, 마나 씨 본인이 하셨다던데요?"

"어?"

그러면, 마나 짱 본인이 나를 만나고 싶다고 했다는 거야……?

멋대로 그럴 리 없다고 생각했으니까 운영 쪽에서 초이스했다고 생각했는데…….

"이 졸업 방송 자체가 마지막이니까, 운영측도 감사를 담아, 마나 씨 본인의 의향을 강하게 방송 내용에 반영했다고 들었어요. 개인적으로 그 점이 있어서 유키 씨가 수락해주셨으면 해요."

"그런…… 건가요?"

"아마도 이번에 라이브온으로 의뢰가 온 것도, 그런 사정이 있는 게 아닐까 저는 읽고 있어요. 공동 출연 NG는 말이 심할지도 모르지만, 뭐 콜라보하는 광경에 위화감이 있으니까요."

"그렇군요……. 으음~, 분명히 마나 짱 본인이 바라는 거라면 내가 나가도 괜찮은 걸까…….”

“……그리고 말이죠, 유키 씨—.”

아까보다 긍정적으로 생각하기 시작한 내 등을 밀어주는 것처럼, 스즈키 씨가 이렇게 말했다.

“선택을 받았다면, 거기에 의미가 있는 거예요.”

“의미?”

“네. 다른 누구도 아닌 마나 씨 본인이 졸업 방송에서 유키 씨를 골랐다. 어떤 생각이 있는지까지는 알 수 없지만, 거기에는 초면이라거나 방향성의 차이 같은 건 상관없이, 선택을 했다는 것만으로 의미가 있어요. 자신이 걸맞지 않다고 생각할 필요는 전혀 없어요. 마나 씨가 골랐다면, 선택을 받지 못한 누구보다도 당신이 걸맞은 겁니다.”

“………….”

“마나 씨를 위해서도, 수락해주실 수 있을까요?”

“……알았어요. 하지만 말이죠! 수락한 이상 저는 전력으로 임할 거니까, 만약 이상한 일이 일어나도 저는 몰라요!”

“후훗, 네. 감사합니다.”

최종적으로 스즈키 씨의 그 말이 방아쇠가 되어, 나는 고개를 세로로 움직였다.

“당일 말인데요. 이쪽의 사전 준비 같은 건 아무것도 필요가 없다고 해요. 마나 씨 말로는『근처 편의점에 가는 정도의 가벼운 마음으로 있으면 돼요』라고 했어요.”

"그럴 수 있겠냐!!"

"좋네요. 바로 그겁니다."

이렇게 되면 더욱이 방송의 실수로 꾸물대고 있을 수 없다. 머나먼 후배로서뿐 아니라, 마나 짱의 졸업 방송을 장식하는 일원으로서 부끄럽지 않은 모습을 시청자에게 보여줘야지!

다시 한 번 양손으로 자기 볼을 두드리고, 이건 마나 짱의 투혼 주입이라고 생각하기로 했다.

좋아, 갈 수 있어. 지금은 마나 짱에게 집중하고 있으니까 하늘이 흐리든 태풍이 찾아오든 눈에 안 들어와! 오히려 의욕 MAXSTRONG 모드!

이렇게, 전설 × 전설(ㅋ)의 최초이자 최후의 콜라보가 결정됐다.

제2장

슈와 쨩의 고민상담소

사람은 평생 살면서 수많은『고민』을 경험한다.

고민, 그것은 대다수에게 가능하면 피하고 싶은 것이다. 누구나 고민이 없는 상쾌한 마음으로 인생을 구가하고자 한다. 그렇지만…… 역시 현실은 그렇게까지 무르지 않다. 사람은 나면서부터 언제나 뭔가를 고민하게 되며, 그리고 그것을 타파하는 것으로 현실과 싸우며 살아간다.

그러나 때로는 혼자서 고민하는 것에 지쳐버리는 일이나, 어떡하면 되는 걸지 모르게 되어 버리는 때도 있다. 그럴 때는, 누군가에게 고민을 털어놓을 수 있는 장소가 필요해지는 법이다.

그리하여, 오늘은 이런 기획을 입안해봤습니다!

"빠바밤! 슈와 쨩의 고민상담소, 그랜드 오픈―! 이예~이, 건배다―! 푸슉! 꿀꺽꿀꺽, 푸하아아아아!!"

: 시작부터 클라이맥스를 넘어섰구만.

: 으으음…….

: 그랜드 클로즈드해라.

: 농담은 네 삶으로 충분하다.

: 지금 시청자 모두가 고민으로 머리를 감싸 쥐고 있습니다. 어째서 아무도 안 말린 거냐, 란 이유료.

"그래서 말이죠! 아무리 자유로운 나라 미국이 나라의 미래에 불안을 느꼈다고 할 정도로 너무 자유로운 라이브온의 멤버들이라 해도, 평소에 뭔가 고민을 품고 있는 사람이 있을 거라고 생각해. 그런 고민을 이 슈와 쨩이 스○○로의 힘으로 슈왓! 하고 해결해 버리자는 기획이지!"

: 초강대국에 정신공격은 하지 마!

: 네 탓에 성벽이 죄다 드러나서 고민하고 있는 라이버라면 잔뜩 있다.

: 지금 뒤에서 번장이 리더가 돼서 습격을 생각하고 있을 거야.

: ㄹㅇㅋㅋ 고민상담소인데 습격 받는다니.

: 자유가 뭐든지 해도 된다는 게 아니란 걸 잘 알 수 있는 케이스.

: 스○○로의 힘으로 해결은커녕 악화되는 미래가 보이는데요…….

: 이거야말로 청초 캐릭터가 해야 할 기획이 아닌가…….

"오, 뭔데에에? 이 슈와 쨩의 고민상담소가 불안하다고 말하는 거야, 다들?! 좋아, 그럼 해주겠어! 실력을 증명할 겸 첫 번째 라이버가 오기 전까지 모두의 고민을 파바박 해결해줄 테니까, 채팅창에 쳐봐!"

: 오오!

: 역시 슈와 쨩이야. 흐름을 잘 아는군.

: 남과 이야기할 때 눈을 마주치지 못하고 고개를 숙여버립니다. 어떻게 하면 될까요?

"만약 고개를 숙이면 상대가『이 녀석 내 고간을 보면서 말하잖아?!』라고 생각할지도 모른다고 스스로 생각하세요. 그러면 자연스럽게 고개를 들게 됩니다. 어때?(· ′ ‐· `)"

: 제정신인가요?ㅋㅋ

: 미묘하게 쓸만할 것 같아서 짜증 난다.

: 만약 정말로 효과가 있다고 해도, 고민상담소가 이런 안을 내는 것에 문제가 있단 말이지.

: 이게 줄이 안 생기는 고민상담소란 거군.

: 체중을 줄이고 싶습니다. 어떻게 하면 마를 수 있을까요?

"먹지 마라 일해라."

: ㄹㅇㅋㅋㅋㅋㅋㅋ

: 더할 나위 없는 해결책이잖아. 칭찬해줘라.

: 그걸 못하는 사람이 잔뜩 있거든…….

: 다리를 벌리려다가 뿌드득♥ 소리가 난 사람이 뭐라고 하는군.

: 쩌어억♥처럼 말하지 마

"그치만 그런 거 내가 알고 싶을 정도니까 어쩔 수 없잖아! 진심으로 살을 빼고 싶으면 고민상담소가 아니라 먼저 헬스장에 가라! 아니면 이쪽 슈와 짱이 아니라 코○도 쪽 슈와 짱한테 물어봐! 슈와 짱을 잘못 찾아왔어!"

: 그건 그럴지도 모르겠다 ㅎㅎ

: 그쪽 슈와 짱한테 물어보면 체중이 줄어들기는커녕 근육이 늘 것 같다.

: 야채가 거북해서 편식이 되고 있어. 어떻게 하면 먹을 수 있게 되는지 가르쳐줘 슈와 짱!

"아~ 역시 이미지가 중요하다고 나는 생각하거든. 자, 아무리 거북한 야채라도, 이 슈와 짱이 정성들여 키우고, 껍질을 벗기고, 자르고, 조리한 야채라고 생각하면 봐라! 먹을 수 있게 됐잖아!"

: 아니 평범하게 무리임다, 토하도록 맛없습다.

: ㅋㅋㅋ

: 너무나도 꾸밈없는 완전부정에 웃었다.

: 어쩐지 술 냄새 날 것 같지.

: 스○○로를 밭에 심을 것 같다.

"그러면 이제 몰~라 바~보야! 야채를 안 먹으면 비타민 부족이 되기 쉬우니까 영양제 같은 걸로 보충해라 바~보야!"

: 네~에!

: 고민상담소 직원이 이제 몰라 바~보야는 안 되지 ㅋㅋㅋ

: 투닥거리느라 열받아도 영양부족을 걱정하는 슈와 짱 찐으로 청초

: 청초를 꺼내는 타이밍이 너무 서툴러, 참으로 안쓰러운 청초야.

: 슈와 쨩한테 가치코이해버렸는데 어떻게 하면 될까요?

“어…… 어, 가치코이? 앗, 아…… 진짜? 어, 아, 그렇구나아! 나한테 가치코이를 해버렸구나아! 그래그랬구나, 에헤헤, 그것 참 큰일이네, 그럼그럼! 어떡하면 될까~! 조금 스○○로 실례, 꿀꺽꿀꺽.”

: 엄청 쑥스러워하네.

: 싱글싱글

: 이럴 때만 귀엽다.

: 슈와 쨩한테도 가치코이하는 시청자가 있었구나……

: 오히려 이만큼 비주얼이 좋은데 없는 게 굉장한 일이지.

“하하~ 그래도 나는 술만 마셔대고 섹드립도 말하니까, 가치코이를 해도 가슴이 두근거리거나 안 그럴지도 모르잖아? 아~ 그치마안, 가치코이를 해주는 것 자체는 기쁜데 말이지! 에헤헤헤헤.”

: 아, 그게 아니고. 가치코이하고 있는 건 당신이 아니라 코○도 쪽의 슈와 쨩입니다, 근육 낼름낼름.

“아~ 그랬구나아아, 미안해애애~ 착각해버렸네에에! 슈와 쨩, 창피해~!(쩌저저저저적!!)”

: 개꿀잼

: 그럴 것 같았다!

: 청초가 운다

: 스○○로 캔 구겨버리는 소리가 완전 찐인데 ㅋㅋㅋ

: SE랑 대사가 맞질 않는데?

: 괜찮아! 이쪽 슈와 쨩도 귀엽다!

: 어차피 아와유키가 이긴다!

"허억, 허억, 고마워. 어떻게 진정됐다……. 그러니까, 이제 라이버들 준비가 된 것 같으니까 본론으로 돌아갈게……."

정말이지, 때때로 방송이 진흙탕이 되는 건 오히려 내가 상담하고 싶을 정도야……. 아니 전부 내 탓이긴 한데. 해온 일이 해온 일이니까. 답이 이미 나왔구만.

"어~ 그러면 등장해주시겠습니다! 첫 번째 고민하는 라이버는 이 사람이다!"

"우츠키입니다. 요전에 매니저에게 시온이랑 연인이 됐다고 보고했더니, 범죄에 가담한 건 아닌지 의심을 받았습니다."

"……………………."

"우츠키입니다. 시온의 매니저한테도 연인이 된 걸 보고했더니, 정신이 착란 상태가 아닌지 걱정을 받았습니다."

"저기~."

"우츠키입니다. 라이브온의 사장한테도 연인이 된 걸 보고했더니, 농담은 AV 속에서만 하라고 했습니다."

"어이."

“우츠키입니다. 옛날에 시간정지물 백합 AV에 출연했을 때 어째선지 평범하게 움직여 버려서, 이건 자력으로 어떻게 해야 된다고 생각하여 오기로 눈을 깜빡이는 것 이상으로 호흡까지 정지시켜서 기절할 뻔했습니다.”

“어이, 거기 바보.”

“우츠키입니다. 이 범상치 않은 프로 의식을 보인 나한테 감독이 한 말은『너 완전 위험하네』였습니다.”

“아와유키입니다. 최근에 드디어 청초 소재로 놀림 받는 일이 줄었습니다.”

“고민상담을 제대로 해줘야지.”

“스스로 사다리를 걷어차지 마.”

: ㅋㅋㅋㅋㅋㅋ

: 우왓, 세이 님이다!

: ㄹㅇㅋㅋ

: 히○시[#22] 개그는 그립네, 꽤 좋아했었는데.

: 지금도 아웃도어 같은데선 대인기라고.

: 너 완전 위험하네 ㅋㅋ

: 어? 시간정지물에서 움직였다니 세이 님 쩐다! 내성 스킬 같은 거 있나?

: 사장의 말을 떠올려라.

#22 히○시 일본의 개그맨 겸 배우, 히로시. 모든 것에 “히로시입니다”를 붙이는 스타일의 개그를 자주 썼다.

: 어…… 혹시 그거 야바위야?

: 시간정지물의 9할은 가짜라고 온갖 곳에서 말을 하잖아.

: 1할은 진짜처럼 말하지 마.

: 시간정지를 당한 쪽이 시간정지를 되받아치는 ○죠 같은 전개는 없을까?

: 처녀(쇼죠)의 기묘한 모험 같은 타이틀을 달 것 같군.

"어~ 그래서 말이지. 안녕, 제군들. 모두의 세이 님 등장이다. 오늘은 말이지, 아와유키 군이 고민을 들어준다고 해서 찾아와 봤지."

"죄송합니다. 돌아가 주실 수 있을까요?"

"어, 어째서니?"

"우리 상담소는 세이 님 거절의 규칙이 있습니다."

"설마 했던 개인 지정?! 출입금지 먹은 거니?! 아직 나 아무것도 안 했는데?!"

"아직이라면 결국 저지를 셈이였냐."

"에이 일단 진정하게나. 분명히 고민이 있어서 왔으니까 거짓말이 아냐."

"정말인가요? 고민하는 라이버가 오나 했더니 고민의 씨앗이 찾아와서 열받아 넘어갈 것 같았지만, 그런 거라면 입점을 허가하겠어요."

: 수익화 박탈 다음은 무슨 사고를 친 거야.

: 드디어 계정 BAN인가?

: 시온 마마랑 헤어질 것 같다에 한 표

그리하여, 첫 번째 라이버는 이 빨간 변태다.

그 수익화 박탈 뒤에 인간미가 있는 언동도 늘어나고, 친근함이 늘어났다는 말을 듣는 세이 님. 지금은 수익화도 진작에 돌아왔지만, 그 본질은 여전히 찐 백합 & 섹드립 bot이다.

개막 텐션만 봐도 제대로 된 말을 안 할 것 같지만, 일단 얘기는 들어주지.

"그래서, 오늘은 무슨 일인가요?"

"응. ……오늘은 말이야, 세이 님의 시온에 대해서 상담할 게 있어."

"네 거 아니거든. 뭐 좋아, 그래서 무슨 일인가요? 채팅창에 있는 것처럼 벌써 헤어질 것 같아요?"

"아니, 그건 문제없어. 순조롭게 사이가 깊어지고 있지."

"그런가요? 그래서, 어디까지 갔는데요?"

"어?"

"어디까지 했는데요?"

"어어?"

"어어가 아니라 S○X를 했냐고 물어보는 거다 임마아아—!!"

"어어어어어?!"

답지 않게 큰 소리를 낸 다음, 꾸물거리는 기색으로 말을 머뭇거리더니 시선이 흔들리는 세이 님.

어엉?

"그~게 말이지. 저기, 그건 저거지. 프라이빗한 부분이니까. 그러니까 저기, 상상에 맡깁니다…… 그렇게? 아하하."

"으키이이이이!!!!"

"왜, 왜 그러니? 아와유키 군? 그런 기성을 내다니……."

"시~끄러워! 대체 뭔데! 이제 와서 순정파처럼! 변태라면 언제나 변태답게 굴라고! 왜 새삼스레 쑥스러워하는데!"

"어, 어라? 아와유키 군, 수익화 박탈됐을 때는 이러니 저러니 해도 세이 님의 변화를 기뻐해주지 않았니?"

"그랬을지도 모르지만! 세이 님이 귀엽다고 생각하면 나는 뭔가 소중한 것에 진 기분이 든단 말이야!"

"오? 뭐어니? 드디어 아와유키 군도 이 세이 님의 매력을 깨달은 거니? 오? 오?"

"후우, 하는 짓이 열받아서 진정됐다. 역시 세이 님은 이래야지."

"여전히 아와유키 군은 재밌는 애로군."

: 최근에 세이 님은 이런 일면이 보이게 됐단 말이지.

: 미묘한 변화지만, 시온 쨩의 영향이겠지

: 귀엽다(분노)

"그래서, 이야기가 탈선해 버려서 미안해요. 시온 마마라고 했죠."

"응. 그래. 시온은 다들 아는 것처럼 아기를 아주 좋아하잖아?"

"그렇네요."

"그러니까 세이 님한테 『있지 세이! 싹 밀어서 매끈하게 안 해볼래? 분명히 귀여울 거야!』라고 했단 말이지. 어떡하면 될까?"

"너 이만 돌아가라."

"어, 어째서니?"

"아니, 세이 님의 제모 사정 같은 건 죽을 만큼 상관없거든요? 멋대로 하면 되잖아요?"

"제모라고 할까. 머리털이거든?"

"—네?"

지금 뭐라고……?

"어, 지금 머리털이라는 말이 들린 것 같은데요. 그럴 리 없겠죠?"

"아니, 맞아. 머리털이야 머리털."

"머리에 나 있는 그거?"

"그거 말고 다른 털은 머리털이라고 안 하지."

천연덕스런 세이 님의 모습에 머리의 인식이 늦어지고 있지만, 이야기를 계속 들어보니 이런 거다.

시온 마마가 세이 님의 머리털을 전부 밀어버리려고 한다—가 맞지?

"아니아니아니아니아니! 이상하잖아요?! 왜 그렇게 되는 건데?! 장난 안 치고 제대로 이야기 들어줄 테니까 설명을 해봐요!"

"이번에는 갑자기 상냥해졌는데 무슨 일이니? 그게, 요전에 세이 님이 머리모양을 바꿀까 시온에게 화제를 꺼냈더니, 아기 스타일 어때? 라고 하는 흐름이었는데."

"아니 그러니까 이상하다니까! 머리를 매끈하게 민다는 거죠 그거?!"

"시온 말로는 아주 조금 짧은 털을 남기는 게 제일이라더군."

"알게 뭐야!!"

: ?!

: 이건 위험하다. 한없이 위험하다.

: 시온 마마…… 가까운 사람한테는 더욱 이상해지는구나……

: 아무래도 좋은 고민일 거라 생각했는데 찐으로 심각한 게 와서 넘치려던 꿀잼이 쏙 들어갔다.

: 자연스럽게 아래쪽 털이라고 생각해 버렸다, 미안해…….

: 아래쪽 털이라고 생각한 사람, 번뇌를 떨쳐내기 위해서 머리를 빡빡 밀고 출가를 합시다.

어, 이 상황 뭐야? 이상한 점이 너무 많은데요?!

여러모로 물어보고 싶은 게 있지만, 우선 첫째로—

“왜 그런 말을 듣고 태연한 건데요?! 세이 님도 머리털이 없으면 곤란하잖아요?!”

“뭐 그건 그렇지. 세이 님도 여자고, 이 진홍의 머리칼은 자랑스런 아이덴티티니까. 그렇게 생각해서 일단 대답을 보류했어.”

“그러면!”

“하지만, 시온이 그걸 좋아한다면 의외로 나쁘지 않은 것 아닐까란 생각도 들거든?”

“어째서 그렇게 생각하는 건데요?!”

“어째서긴…… 그야, 세이 님은 의외로 반한 사람한테 순정을 바치는 타입이라서.”

“에에에…….”

: 굉장하군…… 이것이 사랑의 힘인가…….

: 이런 존귀하지 않은 고민으로 사랑을 보여주길 바라진 않았어.

: 이거 또 세이 님이 가진 뜻밖의 일면이 보였군.

: 몸에 모자이크를 걸고 눈에 흑선을 붙인 다음은 머리칼도 없어지는 거냐…….

: 우츠키 세이의 소실

: 이건 실질적으로 유유유[#23]잖아.

“한 번 더 잘 생각해 보죠? 분명히 현대는 다양성과 개

#23 유유유 유유키 유우나는 용사다의 약칭. 주인공들이 대단한 자기희생을 보여준다.

성이 인정되는 경향이 강하지만요, 거의 전부 밀어버리는 건 다소 지나치게 펑키하지 않나요? 머리칼은 여자의 목숨이라는 말도 있을 정도니까요…….”

“아~, 역시 아와유키 군도 그렇게 생각해? 아무리 세이 님이라도 이건 고민했거든.”

“돌이킬 수 없는 일이니까, 고민할 바에는 그만 두죠. 그렇지, 지금 시온 마마랑 통화 연결을 해서 거절 연락을 할까요? 한 배를 탔으니까 지원해줄게요.”

“아와유키 군이 엄청 상냥해…… 이건 옆에서 보면 그만큼의 고민이란 거구나. 고마워, 그러면 지금 해결까지 해버릴까? 마침 지금이라면 시온도 한가할 거야.”

“알았어요, 그러면 전화 걸게요~.”

시온 마마에게 전화를 걸자, 통화음이 불과 한 번 흘렀는데 연결이 됐다.

“아, 시온 마마? 지금 방송중인데요, 잠깐 괜찮을까요?”

“응, 괜찮아! 사실 방송 보고 있었어!”

“아, 정말인가요! 그러면 잘 됐네요. 자, 세이 님, 말해봐요.”

“알았어. 아~ 시온? 이미 들은 것 같은데, 역시 세이 님은 머리칼에 꽤 애착이 있어서, 희망에 따라주지 못해 미안하지만 밀어버리는 건 어려울 것 같아.”

“응, 그래. 알았어!”

오, 예상대로긴 하지만 간단히 고개를 끄덕였네. 이건

내가 필요 없으려나?

"그리고 말이야. 그거 사실은 반쯤 농담으로 말한 부분이 있으니까…… 설마 세이가 그렇게까지 내 취향에 맞히려고 해줄 줄은 몰랐어. 조금 감동해 버렸네."

"하핫, 뭐야 그랬던 거니? 정말, 이 세이 님한테는 시온이 기뻐해주는 것이 최고의 기쁨이라는 걸 몰랐구나?"

"꺄~ 어쩜 이렇게 멋진 여친아기가 있을까―!! 하지만, 싫다고 생각한 건 싫다고 분명하게 말을 해야 한다고 나는 생각해. 안 그러면 관계가 뒤틀려 버릴 것 같거든. 그러니까 세이도 앞으로 의문으로 생각한 게 있으면 제대로 말을 해줘. 새삼 그 정도로 틀어질 우리가 아니잖아?"

"응, 그렇구나. 이제부터는 그렇게 하지. 역시 시온이야. 세이 님이 못 보는 부분을 잘 보고 있어."

: 앗, 존귀해……

: 보기 좋긴 한데, 여친아기라는 건 뭐야?

: 이 두 사람은 진짜 꿀이 떨어지는구만.

: 사이좋다

: 데뷔 당초에는 설마 이렇게 될 줄은 예상 못했지

……응. 이건 이제 괜찮을 것 같네.

"자, 꽁냥대는 건 그만! 이 방송에서는 기획 진행이 있으니까, 다음은 둘이서 오붓하게 해요."

"아차 실례했군. 고마워, 아와유키 군. 덕분에 고민이 해결됐어."

"나도 고마워~! 다음에 한껏 어리광 받아줄게!"

"아뇨. 이쪽이야말로 감사합니다~."

두 사람이 방송에서 물러났다.

후우, 여전히 난처한 선배들이라니까.

…………어라?

"잠깐 기다려. 뭔가 최종적으로 내 방송을 이용해서 염장질을 한 것뿐인 것 같은데?!"

: ㄹㅇㅋㅋ

: 에이 뭘 그래 ㅋㅋㅋ

: 행복해 보이니까 좋지 않나 ㅎ

"움—!! 역시 우리 상담소는 세이 님 거절이다!!"

그것은, 마치 코○카메[#24]의 마무리 같은 외침이었다…….

"실례, 흐트러졌습니다……. 어~ 그러면, 두 번째 고민하는 라이버 등장입니다! 오세요!"

"야호야호~! 모두의 마음 속 태양, 아사키리 하레루가 떠올랐어~!"

: 하레룽이다!

: 오, 그렇다면 날씨팀이잖아.

#24 코○카메 코치카메. 아키모토 오사무의 만화 「여기는 잘나가는 파출소」의 약칭.

: 아! 버추얼 카바디 선수다!

그리하여 라이브온 1기생이며 모든 것의 원흉이기도 한 하레루 선배가 찾아왔는데…….

“저기, 기획에 협력 받는 몸으로 이런 말을 하는 것도 어떨까 싶은데요…… 하레루 선배, 지금 고민 같은 게 있어요?”

최근에 사무소에서 카바디를 했던 사람이 무슨 고민이 있겠나 싶지만…….

“있어! 세금!”

“조금 고민이 너무 현실적인 데다가 저는 전문가가 아니니까 돌아가주실 수 있을까요?”

“이 상담소, 아까부터 손님을 너무 가리잖아.”

“설마 저도 이 기획을 시작했더니 활기차게 세금의 고민을 상담하러 올 거라 생각 못했어요.”

: 세무서나 변리사를 찾아가.

: 방송에서 할 테마가 아니잖아 ㅋㅋㅋ

: 이건 슈와 쨩 잘못은 아니야.

“뭐 그럴 거라고 생각해서 슈왓치를 위한 고민을 가져왔으니까 안심하는 거야!”

“오, 역시 하레루 선배! 그러면 뭐든지 상담해 줄게요!”

“그래! 사실은 슈왓치, 지금도 그런데, 나는 기본적으로 라이버를 닉네임으로 부르잖아?”

“그렇네요.”

"4기생 야마타니 카에루 짱을 어떻게 부르는지 알아?"

"아~, 분명히 표코스케였죠?"

"그래, 그거! 기억하고 있네! 역시 나를 엄청 좋아하는 슈왓치야!"

"결혼할래요?"

"고민 상담을 하러 왔더니 갑자기 스ㅇㅇ로가 구혼을 하다니, 이건 무슨 사건이야."

"한순간이라도 방심하면 호적에 올릴 테니 각오해둬라. 내 기분에 따라서 여기는 결혼상담소가 될 수도 있어."

"결혼상담소는 직원이 결혼 상대가 되는 게 아니거든. 정말이지, 이건 아주 얼큰하게 취했네. 이제 무시하고 계속 할게! 슈왓치 말처럼 지금까지는 표코스케라고 말했었는데, 이걸 바꿀까 생각중이란 말이지."

"어째서인가요?"

"시청자한테 표코스케가 누구인가요란 질문을 듣고, 카에루 짱 = 양서류의 개구리 = 표코스케라고 설명하는 것도 요전에 30회를 돌파했으니까, 아무래도 내 네이밍 미스를 인정하고 알기 쉬운 걸로 바꿔야 하지 않을까 해서……."

"아하하. 오히려 용케 그만큼 버텼네요……."

"그래서! 오늘은 좋은 닉네임을 생각하기 위해 슈왓치의 힘을 빌리고 싶어서 온 거야!"

: 아직도 기억이 생생해.

: 한 방송에서 세 번 설명했을 때는 안 웃을 수가 없었지.

: 뭐 솔직히 알기 어렵긴 해…….

: 본래 이름이랑 너무 많이 떨어져 있다니까.

: 하레룽이 패배를 인정한 여자.

: 자폭이란 말이지~.

"품고 있는 고민은 파악했습니다. 하지만 저로 괜찮은 건가요?"

"물론! 왜냐면 슈왓치는 카에루 짱의 마마잖아? 보호자한테 물어보는 게 제일이야!"

"……어쩐지 최근에 마마라는 말을 들어도 부정 안 해도 되겠다 싶은 기분이 드는 자신이 무서워요……. 하지만 아마 보호자 아닙니다."

"에이 그건 됐잖아! 그럼 얼른, 어떤 닉네임이 좋을 거라고 생각해?"

"그렇네요…… 평범하게 아기는 안 되나요?"

"왜냐면 걔는 아기가 아니잖아."

"스토―옵!! 그걸 말해 버리면 끝장이니까요!"

"하지만 걔, 아마 나보다 연상일걸?"

"그런 하레루 선배도 교복 입고 코스프레 하잖아요, 그거랑 같아요!"

"코, 코스프레 아니거든!"

"아닌가요?"

"이건 그거야. 평생 유급하고 있는 것뿐이야!"

"까딱하면 아기보다 질이 안 좋은데요, 그거."

: 아이의 아이덴티티를 지키는 마마의 귀감

: 드디어 아와유키 쨩도 마마의 자각이 싹트기 시작했나?

: 실제로 카에루 쨩은 몇 살일까?

: 전에 방송에서 스물여덟이라고 말실수를 한 것 같은데.

: 그렇군, 생후 336개월 정도 되는구나.

"농담은 그렇다 치고! 아기라고 하면 너무 심플해서 좀 그래."

"으음~. ……하지만 카에루 쨩이라는 걸 알 수 없으면 바꾸는 의미가 없잖아요?"

"브○켄 Jr.[#25] 같은 거 어때?"

"아기가 어째서 초인이 됐어? 주니어가 붙어 있다고 적당히 골랐죠? 걔는 초인이 아니라 초별종인이니까 생각을 잘 좀 해봐요!"

"슈왓치도 은근슬쩍 심한 말을……."

"그렇지, 어부바 같은 거 어때요? 이름 같잖아요?"

"으음…. 아니 걔는 어부바하는 쪽이 아니라 그걸 바라는 쪽이니까……."

"그러면 그냥 카에루 쨩의 앞 글자를 따서 카아 쨩이면

#25 브○켄 Jr. 만화 「근육맨」의 등장인물. 「브로켄 Jr.」. 본래 잔학초인이었다가 정의초인이 된 캐릭터.

되지.”

“카아 짱[#26]은 너잖아!”

: ㅋㅋㅋ 대화가 이 세상의 윤리관이 아닌 것 같다.

: 슈와 짱까지 대충 던지면 어떡해ㅋㅋ

: 이니셜로 H 같은 거면 되지 않아?

: 그거 할망구의 H지?

: 아기랑 내일모레 서른과 취직 거부로 이루어진 애한테 좋은 닉네임 따위 없다 ¥5,000

으음…… 뭔가 좋은 게 없을까……?

“앗.”

“오, 왜 그래? 슈왓치? 혹시 좋은 거 생각났어?!”

“아니, 그게 아닌데요…… 분명히 옛날에 채팅창에서 엄청 딱 맞는 이름이 나온 걸 본 것 같단 말이죠…….”

“정말?! 좋아. 어떻게든 떠올려봐!”

응……뭐였더라아…….

조금씩 짚이는 기억의 조각을 찾아서 모아봤다.

“꽤 심플한 이름이었단 말이죠.”

“좋은걸. 그런 걸 찾고 있었으니까 딱 좋아!”

“그리고…… 분명히 카에루보다도 아기 쪽에서 연상되는 이름이었던…… 핫!”

“오?! 생각났어?!”

#26 카아 짱 일본어로 엄마를 뜻하는 일본어와 발음이 같다.

"네! 『아기 씨』였을 거예요! 어떤가요! 아기 씨가 딱이지 않나요?!"

"아기 씨—!"

하레루 선배도 그거다! 라고 말하는 반응이었다.

응, 그 아기를 자칭하는 거의 서른의 모습, 사회를 얕보는 언동, 생각하면 할수록 딱 맞는다.

: 아기 씨 ㅋㅋㅋ

: 어디서 들어본 적 있구만

: 아기가 아니라 아기 씨라고 불러라!

"굉장해 슈왓치! 이제 걔가 야마타니 카에루가 아니라 아기 씨라는 생각밖에 안 들고 있어!"

"그렇죠 맞죠! 그러면 이걸로 결정된 걸로 하고, 이 흐름으로 지금 카에루 짱을 불러버릴게요."

"……세이세이 때도 생각했지만, 이러면 고민상담소라기보다는 중개인이네."

"하하하! 그런 건 전체 채팅으로 『고민상담 받습니다!』라고 했더니 모든 라이버가 폭소를 했을 때 이미 포기했다 짜샤! 그러니까 비뚤어져서 스○○로 마신 기세로 밀어붙이는 거야! 고민상담? 하, 오히려 이 자리를 수라장으로 만들어주마!"

"그야말로 쓰레기!"

자, 아기 씨 분량을 클리어했으니 얼른 카에루 짱한테

통화를 걸자~.

……오, 연결됐다.

“마마? 갑자기 무슨 일…….”

“오늘부터 너는 아기 씨다!”

“잘 부탁해, 아기 씨!”

통화를 끊었다.

“좋아, 이걸로 고민 해결이네요! 꿀꺽꿀꺽, 푸하! 일을 끝내고 마시는 술은 맛있구만!!”

“애 진짜 굉장하네. 과거와 지금의 언동이 전혀 이어지질 않아. 버그○이터[#27]를 보는 것 같다. 수라장은 어쩌고?”

“모녀싸움은 좋지 않아.”

“착한 아이냐!”

: ㄹㅇㅋㅋ

: 오늘부터 너는, 후지산이다![#28]

: 그 애니도 주인공이 쓰레기였지.

: 쌀을 먹어라!

: 너, 몸도 마음도 쌀이 되어 버린 거냐?!

: 말하지 마.

: ↑그건 버그○이터에 나오는 마츠오카고.

#27 버그파이터 아동용 완구를 원작으로 하는 애니메이션 「인조곤충 버그파이터」. 옴니버스식으로 제작되어, 매화마다 이야기가 전혀 이어지지 않는 괴상한 흐름으로 인해 도리어 인기를 끌었다.
#28 오늘부터 너는, 후지산이다! 일본의 테니스 선수인 마츠오카 슈조의 응원 메시지 중 하나. 꽤 정열적이고 진지한 응원 메시지를 보내는 그이지만, 워낙 정열이 넘쳐서 대사가 밈이 되곤 한다.

좋아, 이걸로 하레루 선배의 고민은 해결됐…… 어라?

“카에루 짱한테 전화가 왔네요.”

“진짜? 아기 씨, 무슨 일일까?”

“일단 받아볼까요.”

꾸욱.

“여보세요? 카에루 짱, 왜?”

“안녕! 아기 씨! 방금만이네!”

“왜고 뭐고, 뭐가 뭔데요?! 어, 뭔데요? 뭐라고 했어요? 아기 씨? 그리고 어째서 하레루 선배까지 있어요?! 너무 의미불명이라 그쪽이야말로 쓰레기인데요!”

“앗, 그렇지. 지금 고민상담 기획을 하고 있는데, 카에루 짱은 무슨 고민 없어?”

“지금 막 고민이 생겼어요. 선배랑 대화가 안 통해요.”

후우. 카에루 짱 놀리는 건 이쯤 하고, 이제 그만 지금까지의 경위를 슬슬 설명했다.

역시 하레루 선배는 쿵짝이 잘 맞는데다가 필요할 때 태클을 걸어주니까, 같이 있으면 즐거워진다니까. 역시 1기생이야.

지금까지 허둥대고 있던 카에루 짱도, 경위를 설명하자 납득해 주었다.

“그렇게 됐는데, 어때? 카에루 짱.”

“어때어때때어어때?”

“그러면 처음부터 그렇게 말을 하세요. 뭐 대선배랑 마마가 생각해준 닉네임이니까요. 그야말로 쓰레기라도 용서해드릴게요.”

이렇게, 카에루 쨩의 새로운 닉네임은 아기 씨가 되었다.

그러나— 통화에서 카에루 쨩이 나가고, 작별인사에 들어간 하레루 선배도 나가려던 그때였다.

아무런 조짐도 없이 흘러온 하나의 채팅— 나는 작별인사도 잊고서, 그것에 모든 의식이 빨려들어가고 말았다.

: 응애(응애하고 싶은 카에)루 = 응애루

“응애루…….”

“윽?!”

그리고 그걸로 끝장이었다. 내 머릿속 모든 것이 응애루로 오염되고, 무의식중에 입으로 중얼거린 말이 흘러나왔다.

“응애루……?”

“네, 하레루 선배…… 응애루요.”

전파 너머에서 내 중얼거림을 들은 하레루 선배도 그것이 전염됐는지, 마찬가지로 그 이름을 계속 말했다.

응애루…… 응애루…… 응애루…….

““응애루!!””

그리고 두 사람의 목소리가 겹쳤을 때, 나는 다시 카에루 쨩에게 전화를 걸었다.

"네, 여보세요? 또 무슨 일……."

"오늘부터 너는, 응애루이다!"

"잘 부탁해, 응애루!"

"……통상공격이 정신공격이고 2회 공격인 엄마라도 카에루는 좋아해요."

: 응애루 ㅋㅋ 개꿀잼

: 이 둘이 모이면 공기 중의 라이브온 농도가 위험하구만

: 그 네이밍 센스를 나눔받고 싶어.

: 채팅창 나이스

이렇게, 카에루 쨩의 새로운 닉네임은 응애루가 되었다.

"좋았어! 그러면 세 번째 고민하는 라이버 등장을 해주실까요! 이게 마지막이드아~! 그러면 오세요!"

"우후후. 아무리 모두의 누나라고 해도 고민 하나쯤은 있는 법. 아니, 오히려 고민하니까 어른일지도 모르겠네. 야나가세 샤미야."

네! 그리하여 마지막 고민상담을 하러 온 것은 라이브온의 아싸 대표, 샤미 쨩이다~!

"샤미 쨩! 오늘은 와줘서 고마워!"

"아니, 동기인 슈와 쨩의 기획이라고 하면 신경 쓰이는

법이잖아. 그리고, 마침 정말로 고민도 있으니까. ……후훗, 그치, 슈와 쨩?"

"오오? 으, 응, 그렇네?"

뭘까? 챠미 쨩 상태가 어쩐지 이상한데요?

평소부터 외모와 정반대인 부드러운 인상인 애지만, 평소보다 더 둥실둥실한 것 같은데.

"후후후, 슈와 쨩~!"

"아, 네. 슈와 쨩입니다만?"

"슈와 쨩!"

"……앗, 이거 그거구나! 혹시 슈와 쨩이라고 부를 수 있는 게 기뻐서 계속 말하는 건가!"

"에헤헤, 들켜버렸네!"

그렇네. 분명히 슈와 상태에서 이렇게 콜라보를 하는 건 1주년과 1개월 기념일 이후 처음이다.

그건 그렇고 이 싱글싱글거리는 게 눈에 선하게 보이는 달달함. 왕도적으로 귀여운 치유계란 느낌이야.

세계의 V팬들아 봐라! 이것이 라이브온 최후의 희망이다!

"후헤헤, 슈와 쨩…… 듀후, 듀후후헤헤헤헤헤."

"…………."

이쪽 보지 마아아아아아아아아아아아!!!!

: 쨔맛코쨔맛코!

: 챠미 쨩은 분명히 고민이 넘칠 것 같단 말이지…….

: 슈와 쨩이 멘붕한 건줄 알았네.

: 문맥이 죽을 만큼 강렬하군.

: 웃음소리가 너무 징그럽다……

잊을 것 같다기보다 잊고 싶어지는데, 최근에 얘도 나날이 변태도가 높아지고 있다니까…….

챠미 쨩의 귀여움을 지키기 위해, 이제 억지로라도 기획을 진행시켜 버리자.

“어~ 그러면 말이야! 무슨 고민이 있는지 말을 해버려 베이비~!”

“어? 앗, 그렇네! 고민상담이었지! 그러면 슈와 쨩, 내 고민을 들어주세요.”

“그래 와봐라!”

“고민은 말이야…… 에에라이 쨩에 대한 거야.”

“어째서고~!”

“어?! 뭐가?!”

챠미 쨩의 큐트함을 지키기 위해 기획을 진행했는데 스스로 늪에 빠지려고 하잖아?! 에에라이 쨩이 연관되면 챠미 쨩이 절대 제대로 된 짓을 안 한다니까!

뭐 그게 챠미 쨩답다고 하면 그렇긴 하지만…… 뭐 여기까지 말해버린 것은 어쩔 수가 없다. 고민을 계속 들어보자.

“신경쓰지 마…… 그래서, 에에라이 쨩이랑 무슨 일 있었어?”

“그래? 그러면, 있잖아, 알고 있겠지만, 나는 에에라이 쨩이랑 더 친해지고 싶거든. 그래서, 어떡하면 거리를 좁힐 수 있을까 생각해서 오늘 찾아왔어.”

“아~, 솔직히 기획에 대한 협력 연락을 받았을 때부터 그럴 거라고 생각했습니다.”

: 한때의 사랑이 아니었군.

: 고민을 들어보면 귀여운 고민인데, 지난번 오프 콜라보를 본 다음이라 엄청 징그럽게 보인다.

: 귀엽다와 징그럽다 채팅이 뒤섞이는 불가사의한 라이버 샤미 쨩

: 징글귀요미니까.

: 그거 의미가 좀 다르지 않아?

: 비쥬얼은 라이브온에서도 톱이라고 하니까…….

“하지만, 친해진다고 해도 방향성이 있잖아요? 샤미 쨩은 에에라이 쨩의 연인이 되고 싶은 건가요?”

“아니, 그렇게 송구한 말은 안해. 나는 에에라이 쨩의 펫이나 내연녀가 이상이야.”

“에에라이 쨩한테 엉덩이 드럼으로 쿠레나이 연주하는 영상 같은 거 보내면 된드아.”

“고마워 슈와 쨩, 지금 당장할게.”

“거짓말이야.”

“왜 거짓말을 해?!”

"동기가 후배의 펫이나 내연녀가 되려고 하면 말리는 게 보통이잖아!"

설마 정말로 실행하려고 하다니…. 사랑은 맹목이군.

"부탁해 슈와 쨩! 나는 진심이야! 그리고 이 기획은 고민 상담이잖아? 그러면 역할을 다해야 하는 거야!"

"으윽, 이럴 때 정론을…… 알았어요. 그러면 평소에 어떤 어프로치를 하는지 말해볼래?"

"하루에 100통 정도 채팅을 보내고 있어."

"100통?!"

"그래. 하지만 처음에는 자주 대답을 해줬는데, 요즘은 하루에 다섯 번 정도밖에 안 해줘."

"아니 그게 보통이거든! 오히려 지금까지 용케 그만큼 답신해주는구나, 에에라이 쨩……."

: ㄹㅇㅋㅋ

: 이 시점에서 호감도 올리기 전부 실패한 거 웃긴다

: 평소에는 낯을 가리는데, 어째서 이렇게 거리감에 버그가 있는 거야 챠미 쨩(울음)

: 이런 것까지 허당이라니…….

: 100통 중에 한 통 정도 나한테 안 오려나.

"슈와 쨩, 나 뭔가 잘못했어?"

"죄다 잘못했다고. 우선 그 채팅 연타를 관두자. 아마 앞으로 뭘 해도 그게 이어지는 한 호감도 안 올라가니까."

"우우우…… 그랬구나, 한심해라…… 그러면 나는 어떡해야 할까……?"

"그렇네에…… 나도 에에라이 쨩을 잘 아는 게 아니니까 말이지……."

"그럼 지금까지의 흐름으로 에에라이 쨩을 여기 불러서, 취향 같은 걸 물어보는 건 어떨까!"

"어, 그래도 돼?"

"그래! 나는 이제 이것밖에 없다고 생각해! 하악! 하악! 하악!"

"이건 그러니까 에에라이 쨩이랑 얘기하고 싶은 것뿐이구나? 뭐 챠미 쨩이 좋다면 불러볼까~."

"아~ 와버려어어어어어! 사랑스런 번장이 와버려어어어어어어어어!!"

"라고 생각했는데, 어쩐지 지금 방송중이라 바쁜 것 같으니까 대신 한가해 보이는 네코마 선배를 불렀습니다."

"냐냐냐~앙! 갑자기 불러도 달려오는 네코마지롱~!"

"—어?"

"네코마 선배, 안녕하세요?"

"슈와 쨩도 안녕이야~!"

"어, 어어어어어어?! 자, 잠깐만 슈와 쨩!"

갑자기 불려와도 전혀 동요하지 않는 네코마 선배와 대조적으로, 챠미 쨩은 놀란 소리를 낸 다음 척 보기에도 허둥거리기 시작했다.

: 너무나도 갑작스러운 네코마~ 등장

: 한가해 보였다고 선배를 데리고 오지 마 ㅋㅋㅋ

: 이것만큼은 샤미 쨩의 반응이 옳아.

: 왜 태연하게 인사를 하는 거지 이 사람들.

: 어라, 나 네코마 등장의 복선을 놓쳤나……?

: 나는 이 기획이 시작된 것 자체가 복선이라는 걸 깨달았다!

: ㅋㅋㅋㅋ 지옥 기획 취급이네. 일단 여기까지는 해결이 됐잖아…….

"왜 그래? 샤미 쨩? 자, 네코마 선배한테 인사해야지."

"그, 그건 그렇긴 한데! 나, 나는 네코마 선배랑 대형 콜라보 말고는 거의 면식이 없어!"

"샤미 쨩도 안녕이야~!"

"아, 히익! 저기, 그게, 안녕하세요……."

"그거구나, 기획을 보니까 뭔가 고민이 있는 거지?"

"아…… 네…… 고민…… 저기……."

아~ 분명히 이 두 사람이 함께 있는 건 별로 못 봤나? 이만큼 낯가림을 전개하는 샤미 쨩 오랜만에 봤을지도 몰라.

그러나, 사실 나도 전혀 생각 없이 네코마 선배를 부른 게 아니다.

"샤미 쨩, 긴장하는 건 이해하지만 이건 열심히 해야 돼!"

"어? 열심히?"

"왜냐면 챠미 쨩은 에에라이 쨩이랑 더 친해지고 싶다는 게 고민이잖아? 그런 점에서 보면 에에라이 쨩이랑 사이가 좋은 네코마 선배는 챠미 쨩이 목표로 삼아야 할 모습이라고 할 수 있지 않을까?"

"헉! 부, 분명 그렇네!"

그래, 네코마 선배랑 에에라이 쨩은 동물 소녀와 동물을 좋아한다는 관계로 연결이 돼서, 지금은 꽤 자주 함께 콜라보를 하는 모습까지 볼 수 있을 정도로 사이가 좋다.

동기들과 비교하는 건 아무래도 힘들지 모르지만, 그걸 빼면 현재 네코마 선배는 에에라이 쨩이랑 가장 사이좋은 라이버라고 추정된다.

게다가 월크 안에서는 챠미 쨩의 최종목적이기도 한 펫이 되기도 했다니까.

"그러니까, 네코마 선배를 아는 것이야말로 이 고민의 해결로 이어지는 게 아닐까 나는 생각한 거야! 그리고 챠미 쨩의 낯가림 극복으로도 이어지니까 일석이조!"

"굉장해, 슈와 쨩! 천재! 멋져!"

"쉽구만……."

"응? 뭐라고 했어?"

"아니 아무것도."

거짓말을 한 건 아니지만, 전혀 의심을 안 하는 챠미 쨩이 그건 그거대로 걱정이 되지만, 더 이상 선배를 기다리게 할 수도 없군.

“저기~, 네코마 선배, 이야기의 흐름으로 대충 알겠어요?”

“그래! 어쩐지 모르게지만, 일단 챠미 짱이랑 대화를 하면 되는 거지?”

“그래요. 갑자기 불러서 죄송하지만, 챠미 짱을 위해서, 조금만 어울려 주시면…….”

“냐냥! 맡겨만 둬! 똥망겜을 좋아하니까 부조리한 전개도 엄청 좋아해!”

“감사합니다…… 좋아, 그러면 챠미 짱, 힘내라!”

“그래!”

: 그냥 챠미 놀리기 아니었구나.

: 네코마~ 상냥해라

: 고양이가 반대로 돌봐주는 챠미 짱

: 해석일치다 ㅋ

좋은 대답을 해준 챠미 짱, 그 첫 수는—

“저기…… 취, 취미는 어떻게 되시는지?”

“뭔가 맞선 같아졌는데? 슈와 짱, 이거 계속해도 돼?”

“부탁드려요!”

“그렇구나…… 그게, 똥망겜이랑 똥망영화를 즐기고 있어.”

“아, 그런가요…… 저, 저는 목소리 페티시즘이라서요…….”

“그렇구나아…….”

“우우우…….”

“히, 힘내라 챠미 쨩! 여기서부터 이야기를 펼치는 거야!”
“슈와 쨩…… 핫! 그렇지! 그리고 보이스 S○X 일루져니스트도 하고 있어요!”
“바보야아아아아아아아—?!?!”
왜 하필이면 그걸 말했어?!
“미, 미안해. 머리가 새하얘졌을 때 슈와 쨩의 응원을 들으니까 그게 떠올라 버려서…….”
“분명히 그 비참한 단어가 처음 나온 계기가 나긴 한데!”
“냐냥, 슈와 쨩. 이 정도라면 세이로 익숙하니까 네코마는 아무렇지도 않아!”
“정말로 감사합니다, 네코마 선배…… 쓰담쓰담.”
“냐앙~♪”
: 개꿀잼
: 서로가 맞선을 거절하고 싶은 설정의 콩트인가?
: 챠미 쨩에 이르러선 시청자 모두랑 결혼했으니까 기혼자거든.
: 호적이 느슨하군
: 챠미 쨩이 평소보다 더 쨔마쨔마하고 있군
“냥, 그렇지. 네코마는 그것도 할 수 있어. 최근에는 별로 안 했지만 성대모사 특기야!”
“앗, 그랬나요! ……어라? 그러면 목소리 페티시즘인 챠미 쨩이랑 궁합이 좋지 않아요?”

“—.”

내가 그렇게 말한 순간— 샤미 쨩의 분위기가— 변했다.

“그렇구나, 성대모사…… 그걸 쓰면 어쩌면…… 네코마 선배!”

“냥? 왜 그래? 샤미 쨩.”

조금 사이를 두고서 조용조용 중얼거린 다음, 갑자기 지금까지랑 다른 사람처럼 확실하게 울리는 목소리로 네코마 선배의 이름을 부르는 샤미 쨩.

“저기! 성대모사로 다른 라이버를 연기해서 저한테 사랑을 고백해 주세요!”

그것은 다른 대답을 용납하지 않는 압력마저 느껴지는 기세가 있었고, 그렇기에 동시에 나는 머리를 감싸 쥐었다.

위험해…… 이야기를 지원하려고 했을 텐데, 나는 또 샤미 쨩의 지뢰를 밟아버린 걸지도 몰라…….

“부탁해요, 네코마 선배! 그러면 저는 분명히 엄청나게 기분이 좋아질 거예요!”

“샤미 쨩 한 번 진정할까? 그리고 이제 사리사욕으로 너무 달려서 네코마 선배를 안다는 거랑 상관이 없어졌어…….”

“냥~ 그 정도라면 전혀 괜찮아! 오랜만에 자랑거리인 성대모사를 보여줄까!”

“이 선배 너무 상냥해! 2기생의 진정한 마마는 네코마 선배였다. 나중에 고양이 캔 드릴게요!"

"죠○엔[#29]의 불고기 도시락을 요청한다."

"그 귀랑 꼬리는 장식인가요……?"

: 챠미 쨩한테 목소리 관련 화제를 뿌리면 안돼!

: 슈와 쨩, 챠미 쨩의 리미터를 해제하는 거 너무 잘하는데?

: 라이브온의 폭탄처리반이니까.

: 해제는커녕 전부 대폭발시킨단 말이지.

: 그건 그냥 폭탄마잖아.

"그, 그러면! 우선 마시로 쨩부터 될까요?!"

"냥! 해볼게! 아~, 아~, 저기, 이런 느낌일까?"

"헉?! 괴, 굉장해!"

이건 굉장하다…… 알고는 있었지만 새삼 이건 명인의 영역이야. 나조차도 아무것도 몰랐다면 마시롱이라고 의심 안할지도 몰라.

"후훗, 챠미 쨩? 나 챠미 쨩을 아주 좋아하거든?"

"앗! 아아앗! 좋아! 나도 조아해애애애애애애!!"

"이 정도일까? 다음은 누구 할까?"

"하악, 하악…… 그, 그러면 아와유키 쨩을 부탁드려요."

"어? 나는 여기 있는데에?"

"슈와 쨩은 그대로! 네코마 선배는 청초한 아와유키 쨩을 연기해 주세요!"

#29 죠죠엔 일본의 고급 고기 식당 체인점.

어어어…….

"알았어! 어흠! 챠미 쨩! 너무 좋아요! ……자, 슈와 쨩 얼른!"

"앗, 그게, 챠, 챠미 쨩 너무 좋아~!"

"우호옷~! 성격이 다른 쌍둥이계 최면 음성 같아서 귀가 임신해버려~!!"

……기세에 밀려버렸는데, 어째서 나까지 말려든 거지?

: 이 ㅋ 거 ㅋ 는 ㅋ 징 ㅋ 그 ㅋ 러 ㅋ

: 어라? 이거 무슨 기획이었지?

: 챠미 쨩이 임신하는 방송이지.

: 동시 시청자수, 100억 달성이 눈앞이다.

: 혹시 외계인도 보고 있지 않아?

"굉장해, 정말로 굉장해! 네코마 선배의 목에는 목소리의 야오요로즈가 깃들어 있어 슈와 쨩!"

"그래그래, 이제 만족했어……? 그러면 본론으로 돌아……"

"아니 잠깐! 마지막! 마지막으로 에에라이 쨩 버전만 부탁해! 한평생 소원이니까 부탁해!"

"냐냥! 그렇게 말할 줄 알았어! 으음! 챠미 선배! 에에라이 쨩은 챠미 선배를 너무 좋아한답니다~!"

"히이이이이이익! 이, 이건 위험해! 합법 번장을 빠는 배덕감이 너무 엄청나서 머릿속이 꿀잼이 되어 버려어어어어어어어!!"

"리얼한 오노마토페 쓰지 마! 그리고 지금 그 말투는 평소의 번장이 위법인 것 같아지잖아! 오히려 이쪽이 위법이거든!"

"챠미 선배, 원장이 최근에 물개에 빠져 있으니까, 물개 흉내를 보고 싶답니다~."

"응, 알았어! 봐봐! 에에라이 쨩! 오우! 오우! 짝짝짝! 오우! 오우! 짝짝짝!"

"슈와 쨩, 얘 엄청 재밌어!!"

"네코마 선배도 후배로 놀지 마세요!!"

큭! 역시 챠미 쨩은 평소에 비교적 상식인인만큼, 라이브온했을 때는 폭발력의 차원이 달라! 내가 태클밖에 못 걸다니! 이 녀석은 라이브온의 아가○마 젠이츠[#30]인가?!

우리는 대체 뭘 보고 있는 거냐?

: 어째서 고민 상담을 하러 온 사람이 물개 흉내를 내고 있지?

: 동물원의 물개가 더 상식이 있을 것 같다.

"후우. 감사합니다, 네코마 선배. 덕분에 최고로 기분 좋아졌어요."

"에이 뭘, 네코마도 이런 흉내로 기뻐해 줘서 기뻤어! 앞으로도 잘 부탁해!"

#30 아가○마 젠이츠 만화 「귀멸의 칼날」의 등장인물. 아가츠마 젠이츠. 주인공인 탄지로의 동료이며 평소엔 여자를 밝히는 덤벙이 캐릭터이나, 가끔 보여주는 멋진 모습의 차이가 크다.

"아, 네! 이쪽이야말로 잘 부탁드립니다!"

그리고 어째서 이 흐름으로 이 두 사람은 우정이 싹트는 거지?

"슈와 쨩 고마워!"

"으, 응……."

"그럼 또 봐!"

"어?! 잠깐, 챠미 쨩?!"

감사인사를 하더니 물 흐르듯 그대로 방송에서 사라져버린 챠미 쨩.

어? 저기…….

"네코마 선배. 이거 일단 챠미 쨩의 고민 상담을 했었을 텐데요…… 이렇게 끝나도 되는 걸까요?"

"냥…… 저기, 에에라이 쨩이랑 친해지려고 네코마를 알기 위한 계기는 된 거 아닐까?"

"아하하……."

챠미 쨩의 사랑이 에에라이 쨩에게 닿기까지, 아직 갈 길이 멀겠어…….

라이브온 일반상식 테스트

그러면, 오늘 밤도 등장한 코코로네 아와유키입니다! 오늘은 무려 라이브온 전원참가 대형 콜라보의 날!

……인데.

"아~ 아~, 여러분 들려? ……괜찮아 보이네, 고마워. 좋아. 콘마시로~. 이번에 사회 진행을 담당하게 된 마시롱, 이로도리 마시로입니다."

나는 홀로 자택의 PC 앞에 앉았고, 표시되는 화면에 비치는 것도 마시롱 혼자다.

그렇다. 이번 기획은 조금 특수한 형태다.

"그러면, 라이브온 일반상식 테스트, 시작한다~."

테스트라는 말에는 조금 부적절한 것 같기도 한, 마시롱의 조금 다우너한 음색으로 기획이 발표됐다.

일반상식 테스트— 이 기획이 정해진 경위는 이렇다.

기획의 발단은 라이브온의 운영에서 제안한 것이었다.

세상의 일반상식을 테스트한다…… 그것은, 『최근 라이브온 본격적으로 실낙원 상태 아냐? 어째서 하늘이 푸른가[#31] 정도가 아니라고. 어째서 상식이 존재하는가 안 배우면 위험하다니까!』 ……라는 운영의 감사한 사회복귀 기획이란 흐름으로 정해졌다—.

당연 그럴 리는 없고, 그냥 단순하게 운영측으로부터 『너희들, 일반상식 테스트 같은 거 하면 엄청 재밌지 않을까?』라고 해서 정해졌다. 역시 운영진이야. 라이버를 잘

#31 어째서 하늘이 푸른가 게임 「그랑블루 판타지」의 이벤트 「어째서 하늘이 푸른가」 3부작 중 두 번째 장의 제목이 실낙원이다.

알고 있군. 다음에 다 같이 습격해서 휴게실 비품 과자를 죄다 먹어치워 주마. 어째서 라이브온은 이렇게 바보들밖에 없는 걸까.

뭐 경위는 제쳐두고, 기획 내용 자체는 라이버에게서 부정적 의견이 없었기 때문에, 이 순간을 맞이한 것이다.

"평소에 이런 대형 콜라보 진행은 시온 선배가 하는데 말이야. 이 기획에 관해서는 시온 선배에게도 이제 상식이 남아있는가 수상하다는 의견이 있어서, 제일 맛이 안 간 마시롱이 맡게 되었습니다."

엥? 어이, 마시롱. 어서 이쪽으로 오시지.

: 이건 또 참 진기한 기획이군…….

: 라이브온 라이버에게는 도쿄대 입시보다 어려울 것 같다.

: 시온 마마, 어쩌다가…….

: 엥?

: 응? 미안 뭐라고?

: 맛이? 뭐? 다시 한번 좀 말해봐.

"시, 시끄러워! 나도 대형 기획의 사회 보는 건 처음이니까 긴장했단 말이야! 지금 그것도 운영이 보낸 진행용 대본에 『여기서 경쾌한 개그를 쳐서 슈퍼챗 1억 엔어치를 달성한다』라고 적혀 있으니까 어쩔 수 없어! 그리고 이 대본 적은 사람, 버튜버 본 적 있어? 대본에 경쾌한 개그 같은 거 안 적어도 되거든?"

라이브 온 일반상식 × 테스트 ○

●LIVE

운영이여…….

: 운영쪽 사람들도 같이 테스트를 받아라, 오버.

: 허접한 버라이어티 방송 같은 대본 받았구만.

: ㄹㅇㅋㅋ 운영의 취급도 완전히 예능인이야.

: 완전 난문이잖아 ㅋㅋㅋ

: 귀여웠으니까 ¥10,000

: 1억 엔의 여자 마시롱

: 612엔의 여자 아와유키

"이제 됐어, 규칙 설명한다. 일단 일반상식의 범위에 들어가는 문제를 내가 한 문제 출제합니다. 다른 라이버는 모두 이 방송을 보고 있으니까, 그 문제의 대답을 제한시간 30초 안에 나한테 채팅으로 보냅니다. 그러는 사람은 없을 거라고 생각하지만, 물론 검색 같은 건 금지야. 채팅창이 보이는 것도 조금 안 좋을 테니까 라이버들은 방송화면을 보지 말고 내 음성만 들으세요. 그리고 마지막으로 내 해설과 함께 대답을 발표, 이 흐름을 반복하는 느낌이야. 라이버들도 시청자들도, 마시롱 선생님이랑 일반상식을 공부하자~."

마시롱 선생님…. 풉, 쿠후후…….

: 그렇구나.

: 생각보다 평범한 룰이네.

: 네! 마시롱 선생님!

: 마시롱 선생님 ㅋㅋㅋ

: 선생님 이름이 꽤나 귀엽구만(방긋)

"아니 이것도 대본에 그렇게 말하라고 적혀 있다니까! 의심스러우면 대본 보여줄까?!"

……대체 뭘까. 점점 대본을 쓴 사람이 유능하게 느껴지는데. 마시롱이기에 귀여움이 부각된다…….

"어흠. 아직 룰 설명이 안 끝났으니까 돌아와서. 물론 이것만 해서는 라이브온답지 않아. 바보 같은 대답을 적은 사람은 가차 없이 이 자리에 통화로 불러서 박제할 거니까 각오해두세요. 참고로 패스는 무슨 일이 있어도 금지야."

: 다정다감한 줄 알았는데 귀축 교사였어?!

: 그걸 기다렸다

: 모든 문제 전원 박제될 것 같은데.

: ㄹㅇㅋㅋ

: 콩트대회가 되겠군

"아직 아무 문제도 안 냈는데 이 대답용 채팅에『마시롱 선생님』이나『맛이 안 간 마시롱』같은 걸 보내는 사람들이 있거든? 이제 그렇게라도 안 하면 진행자 같은 거 못 해먹어."

미안 마시롱, 그 중 하나는 나야.

하지만 이번에는 평소와 다르다! 시험 날에 스○○로 같은 거 마실 리가 없으니까, 뇌가 아주 맑은 것이다!

안 그래도 최근 스○○로 마시지 않아도 탄산이라느니

탄산 빠진 스○○로란 말을 듣는 나니까, 실제로 문제가 시작되면 청초답게 총명한 인텔리전스란 걸 보여주겠어!

“응. 다들 룰은 이해했지? 라이버들도 준비 OK면 나한테 채팅 보내줘. ……괜찮겠네. 뭐 룰을 흘려들었어도 첫 문제로 흐름을 보면 금방 이해할 수 있을 테니까, 얼른 시작하자. 참고로 최우수상은 운영에서 멋진 선물을 준다고 했어.”

좋았어! 라이브온 일반상식 테스트, 시작이다!

“문제. 국가권력을 셋으로 나누어, 상호견제를 꾀하는 것으로 근대 민주정치를 확보하려는 원리를 삼권분립이라고 합니다. 그러면, 그 나누어진 국가권력 셋은 뭘까요? 모두 대답하세요.”

……아~, 그렇지. 그렇구나. 일반상식이란 느낌의 문제네. 응응.

하지만…… 이게 첫 문제?! 어, 어쩐지 예상보다 진지한 문제가 와서 당황했다고 할지, 고민하곤 있는데 잘 모르겠는데요!

그거란 말이지, 삼권분립이라는 말은 물론 들어본 적이 있다. 권력이 한 곳에 집중되는 것을 막기 위해서란 느낌으로 배운 적 있어!

그게…… 뭔가 재판소가 연관되어 있었는데…… 어라? 법률이었나? ……그래! 사법이다! 사법은 들어갈 거야!

"네, 남은 시간 10초입니다~. 이제 대답을 안 적으면 늦을 거야~. 아직 대답 못 한 사람은 서둘러~."

어?! 벌써?! 30초 너무 짧지 않아?

그러니까, 사법이랑, 나머지 둘…… 아아, 생각이 안 나!

대답 안 하는 건 금지니까 보내야 돼…… 에이, 이거면 되겠지!

"자, 타임업! 라이버들도 다음 문제까지 방송화면 봐도 돼. 그래그래. 크흡후우우…… 그래그래. 라이버들의 대답이 왔네. 그야말로 다종다양한 대답이 왔어. 쿠히히히힛……."

좋아, 발성 연습을 해두자.

: 다종다양하면 안 되잖아 ㅋㅋㅋ

: 마시롱 벌써 웃고 있잖아ㅋㅋ

: 삼권분립이라, 학생 때가 떠오르는군

"그러면 우선 정답부터 말해볼까. 삼권분립은 국가권력을 입법, 행정, 사법의 셋으로 나누는 거니까, 이걸 모두 적은 사람이 정답이야. 일본에서는 국회가 입법권, 내각이 행정권, 재판소가 사법권으로 나눠 가지고 있지. 뭐, 물론? 다들? 국민으로서 모르지는 않겠지?"

스읍——…….

"뭐, 그런 식으로 부추겨 보긴 했지만, 결국 모르면 배우면 되는 거야. 그러니까 열심히 생각하고서 틀린 사람에 대해서 나는 아무 말도 안 하겠어. 잘 배우고 돌아가 주면 되는 거야. 다! 만! 상식이 라이브온하게 뒤틀려 있는 엉망 해답을 쓴 사람은 아까 말한 것처럼 가차 없이 박제한다. 그치? 아와 짱, 히카리 짱, 카에루 짱?"

귀에 울리는 비정한 전자음이 호출을 고한다.

나는 울고 싶은 기분으로 응답 버튼을 눌렀다.

"야호~! 아와유키 짱이랑 카에루 짱! 동지네!"

"동지네요, 마마, 히카리 선배."

"이렇게 부끄러운 동지 의식은 싫어요~!!"

세 명이 호출됐다. 이제부터 우리들의 해답이 가차 없이 박제되는 거야…….

"좋아, 다 모였네. 여기서부터 파티야. 우선은 그렇네. 아와 짱의 답부터 가보자."

"어, 잠깐마안?!"

내가 제지하는 소리도 안 듣고, 화면에 내가 채팅으로 보낸 해답의 스크린샷이 나와버렸다.

그곳에 적힌 것은—

【국/가/권/나머지 력】

: ㅋㅋㅋㅋㅋㅋ

: 개꿀잼 파티다

: 그게 아니란 말이지 ㅋㅋㅋ

: 그 발상력은 칭찬해주고 싶다 ㅋㅋㅋ

: ㄹㅇㅋㅋ 나머지 뭔데

으갸아아아아아아아아아— 창피해애애애애애애애!!!!

"아와 쨩…. 이건 대체 뭐야?"

"안 물어봐도 알잖아……."

"응. 나도 어째서 이 대답이 나왔는지는 상상이 되는데, 본인 입으로 듣고 싶어서."

"S잖아! ……국가권력을 셋으로 나눈다고 하니까 이렇게 됐어요! 불만 있나요?!"

"그렇구나. 그러면 이 나머지 력은?"

"그야 하나 남아버렸으니까 어쩔 수 없잖아요!! 애당초 제한시간이 30초로 짧은 것도 조바심에 이상한 대답을 기대해서 잡은 거잖아!"

"왜 되려 성을 내? 그리고, 하나도 몰랐어?"

"아니, 사법은 알았어요."

"맞았잖아. 왜 그걸 안 적었어?"

"그치만 하나밖에 몰라서…… 그러면 셋이 나오는 이쪽이 그나마 정답에 가까운 것 같아서요."

"……넷이 나왔는데? 스ㅇㅇ로 마셨어?"

"맨정신이거든!"

후속 문제가 기다리고 있으니까, 내 공개처형 타임은 이걸로 종료됐다.

그리고 다음으로 화면에 나온 것은 히카리 쨩의 대답—

【위(魏)! 촉(蜀)! 오(呉)! 】

“히카리 쨩…… 이건 뭐야?”
“히카리 요즘 말이야! 삼국지에 빠져 있어!”
“응, 그렇구나.”
“모모테츠[#32]의 결의!”
“도원결의 말이지. 하지만 답으로 적은 한자는 맞았으니 장하네.”
“에헤헤헤~.”
“어? 왜 마시롱은 히카리 쨩한테만 상냥한 건가요?! 편애 반대!”
“이건 어찌하면 좋을까 모르는 것뿐이야.”
“앗…….”
그리고 마지막은 카에루 쨩의 대답.

【거인, 타이호우, 계란말이[#33]】

#32 모모테츠 모모타로 전철의 약칭. 복숭아에서 태어나 모험을 떠난 모모타로 이야기를 모티브로 만든 게임.
#33 거인, 타이호우, 계란말이 후60년대 일본의 유행어. 어린아이들도 포함해서 대중적으로 큰 인기가 있는 것 세 가지로 야구팀 요미우리 자이언츠, 스모의 요코즈나인 타이호우 코우키, 요리의 계란말이가 선정됐다.

“카에루 쨩, 답이 낡았어.”

“아기가 이런 거 알 리가 없잖아요, 상식적으로 생각해서.”

“그러면 대답도 좀 아기답게 하자.”

“셋이 한 세트인 대답이 이것밖에 안 나왔어요.”

: 3 관련이라면 뭐든지 된다고 생각지 마라.

: 분명히 삼국지는 권력을 셋으로 갈랐다고 할 수도 있지만…….

: 카에루 쨩의 대답은 60년대잖아.

: 오히려 용케 알고 있네.

: 내려놓지 마 ㅋㅋㅋ ¥610

“참고로, 하레루 선배, 시온 선배, 에에라이 쨩은 정답이야. 참 잘했어요. 그러면 다음 문제 간다, 라이버들은 준비해.”

호출이 끝나고, 다시 출제로 돌아왔다.

앞날이 불안해지는 스타트를 끊고 말았다…… 어떻게든 만회해야 돼!

“문제. 프랑스 출신 철학자 데카르트가 자신의 저서 『방법서설』에서 제창한 유명한 명제 『○는 생각한다, 고로 나는 존재한다』에서 이 가려진 ○를 대답하라. 빈칸 메우기 문제란 거네. 다들 알고 있을까?”

앗, 이건 나도 알 것 같아!

옛날에 중2병이 발병했을 때 철학 같은 걸 조금 팠었으니까! ……오우, 쓰라린 추억이 되살아났다. ……옛날에는 봉인된 오른팔이 아팠는데 지금 아픈 건 마음이네에.

뭐 그런 과거에서 눈길을 돌리고, 대답은 이거다!

"철학이 일반상식이냐고 물어보면 미묘할지도 모르지만, 뭐 이건 유명하잖아. 문제에 배리에이션을 넣고 싶으니까 용서해 줘. 자 10초 남았어!"

: 데카르트 문제라. 응. 대단히 데카르차[#34]한 초이스로군.

: ↑형씨 데카르트 모르지?

: 들어본 적 있는 거다!

"자, 타임업! 그래그래, 모두 답을 보냈네. 그러면 채점이야. 정답은『나』란 말이지. 다시 말해서 빈칸을 메우면『나는 생각한다, 고로 나는 존재한다』가 되는 거야."

해냈다~! 다들, 나 맞췄어~! 옛 상처가 도움이 됐어!

"잠깐 해설할까. 이 명제를 들은 적은 있어도, 의미까지 제대로 이해하고 있을까? 이건 잘 풀어서 설명하면『자신은 정말로 존재하고 있는 건가?』라는 의심에 대한 답변 같은 거지. 세상 모든 것의 존재를 의심한다고 해도, 그걸 의심하는 자기 자신의 존재는 부정 못한다. 그러니까『나는 생각한다, 고로 나는 존재한다』가 되는 거야."

#34 데카르차 애니메이션「마크로스 시리즈」에 나오는 외계 종족 젠트라디의 언어. 뜻은 "말도 안 된다."

: 호헤~

: 역시. 모르겠다.

: 이거 번역된 게 의미를 알기 어렵단 말이지…… 기억하긴 쉽지만.

: 뭔지는 잘 모르겠지만 굉장하다는 건 알겠다.

: 솔직히 그런 사람이 태반이야.

흐흥! 나는 의미도 제대로 이해하고 있었거든! 그 무렵은 필요 이상으로 신경 쓰인 사물을 깊게 파고들어서 조사하거나 그랬으니까.

어라? 혹시 그 시간을 공부에 썼으면, 아까 그 문제도 풀었나……?

……뭐 그거다. 의미까지 이해해야 하는 부분 있으니까, 피프티피프티라고 억지로 생각하자.

"그러면, 해설도 끝났으니까! 시청자들이 기다리는 박제당할 분 불러볼까요! 이번에도 말이야, 기대를 배신하지 않는 진기한 답변을 해준 사람이 있어요!"

: ㅋㅋㅋ 명백하게 텐션이 올랐어.

: 마시롱이 즐거워 보여 다행이야.

"이번 문제로 부르는 건, 소우마 아리스 쨩, 소노카제 에에라이 쨩 두 사람이야!"

앗, 앞 문제하고 다른 두 명이 오네. 4기생에서 2명이 사이좋게 등장이다.

방송에서 두 명의 비명 같은 소리가 들렸다.

"사고쳤다아…… 완전히 사고를 쳐버린 거랍니다~!!"

"이걸로 어느 기수보다 빠르게 4기생이 다 모인 것이지 말입니다……."

"두 명 어서 와. 응, 그렇네. 뜻밖인 두 사람이 왔어. 아리스 쨩은 그렇다치고 에에라이 쨩이 이상한 대답을 하는 이미지 나는 없었는데."

"사실은 저, 해외 문제 같은 건 전반적으로 서투른 거랍니다~."

"아~, 분명히 번장은 일본풍이란 이미지가 있네."

"저의 치유계 용모로 야쿠자 번장 놀리기를 당하는 위화감을 이제 그만 느껴주면 좋겠답니다~."

"그렇다치고는 아니지 말입니다!"

: 기왕 이렇게 된 거 아까 왔던 응애도 부르자, 분명 틀렸을 거야.

: 응애루야. 그냥 아기가 아니라고.

: 알게 뭐야~ 귀엽구만.

〈야마타니 카에루〉: 딸랑이로 몸을 덜렁이로 만들어 줄까요?

: 어떻게?!

: 딸랑이 알맹이가 또 늘어났군.

: 내가 아는 딸랑이가 아닌데

"아리스 쨩, 부정하기 전에 자기 답을 떠올려봐, 아리스 짱은 이렇게 적었거든?"

【스○○로 생각한다, 고로 아와유키 공 존재한다】

푸흡?!

화면에 표시된 해당 스크린샷을 보고 무심코 뿜어버렸다.

아~리~스~ 쨔~앙!!

"우선은, 빈칸 메우기 문제라고 내가 말했었지? 빈칸이 아닌 부분까지 바꾸면 그건 틀린 거야. 빈칸 메우기의 문자 수도 안 맞고. 그리고, 애당초 이거 무슨 의미야?"

"스○○로가 맛있는 걸 아무리 의심해도, 그것으로 사랑해 마지않는 아와유키 공의 존재를 부정할 수는 없는 것입니다."

"자기가 무슨 말 하는지 이해는 해?"

"모르는 것이지 말입니다."

"이 문제의 대답은?"

"몰랐던 것이지 말입니다."

"솔직한 건 좋네."

: 분명히 어디선가 아와유키 쨩의 이름을 꺼낼 거라고 생각했다.

: 삼권분립 때 안 나왔으니 장하다.

: ㄹㅇㅋㅋ 아와 쨩이 국가권력의 일부를 짊어지게 되잖아.

: 개인이 그 지위를 맡고 있는 시점에서 거의 독재란 말이지.

: 아리스 쨩답단 말이지.

“다음은 에에라이 쨩인데…… 이건 순수하게 신경 쓰여서 그런 건데, 어쩌다 이렇게 됐어?”

표시된 화면에는【물】이라고 적혀 있었다.

그러니까 다시 말해서『물은 생각한다, 고로 나는 존재한다』가 되는 건데…….

“저기, 솔직하게 말하면 정답을 몰랐다는 게 전제인 거랍니다~. 그래서, 하다못해 원장이니까 동물은 생각한다, 고로 나는 존재한다라고 적고 싶었습니다만, 마지막의 마지막에 한 글자밖에 안 비어 있는 걸 깨닫고서, 시간도 없어서 물만 적어 버렸다, 라는 거랍니다…….”

“어, 그러면 이『물』은『모노』가 아니라『부쯔[#35]』라고 읽는 거야?

“그런 거랍니다~. 그게 왜요?”

“아니아니, 그러니까『부쯔』를 넣어서 읽으면,『부쯔는 생각한다, 고로 나는 존재한다』가 되잖아? 받아들이는 쪽 나름이겠지만 엄청 위험한 부쯔에 중독된 것 같잖아.”

“어아…….”

#35 부쯔 물건, 동물 등에 쓰이는 한자 물(物)을 일본어로 읽은 발음. 불법 거래되는 물건의 은어이기도 하다.

“에에라이 공, 부쯔라는 건 무엇인 것이지 말입니다?”

“아, 아리스 쨩한테는 아직 이른 거랍니다~.”

: 개꿀잼(양귀비 추출)

: 그 꽃은 위험해!

: 삐~뽀~ 삐~뽀~

: 아직 이르다고 할까, 아마 걸맞은 인간이 없다고 할까.

〈야나가세 챠미〉: 에에라이 쨩! 내 안에서는 정답이야!

: 정답이면 안 된다니까……

번장에서 도망칠 수 없는 에에라이 쨩이었다.

“문제. 저명한 음악가 볼프강 아마데우스 모차르트가 작곡한 생애 마지막 작품(정확하게는 모차르트의 죽음으로 미완성이 되어, 제자가 보충해서 완성시킨 작품)은 뭘까요?”

……우와아모르겠어어!!

어, 클래식 문제 같은 건 내 관할 밖이야…….

모차르트는 어떤 곡이 있더라? 클래식 곡을 들어본 적은 있어도 작곡가나 곡명까지는 모르는 게 더 많지 않아? 취미인 사람이 보기에는 초간단한 문제겠지만, 나는 나오질 않아…….

“모차르트를 대표하는 한 곡으로, 누구나 들어본 적이 있는 곡이야. 어렸을 때부터 신동으로 명성 높았던 모차르트가 죽은 건 35세 때, 갖가지 병으로 고통받은 인생이었다고 하지.”

: 독살설 같은 것도 있었던 것 같은데?

: 연쇄구균후두염의 합병증이라는 연구 결과도 본 적 있어.

: 의문이 많은 것도 로망이 있지~.

……앗, 모차르트의 곡 하나 생각났다! 하지만 이 곡은 절대 아니지. 잊자.

그러니까, 그러니까아…….

“자 남은 시간 10초, 해답 서둘러~.”

아~ 이제 모르겠어! 분명히 클래식이라면 『이별의 곡』 같은 거 있었지! 뭔가 곡명도 마지막 같았으니까 그거면 되겠지!

“자 타임업! 그러면 정답을 맞춰볼까! 정답은 『레퀴엠 d단조 k.626』이네. 이건 레퀴엠이라고만 적어도 정답으로 해줄 거야.”

……알고 있었어. 잊고 있었던 거지 듣고 나면 기억 나는 거였어. 레퀴엠 같은 거는 멜로디도 흥얼거릴 수 있어.

그리고 지금 생각해보면 『이별의 곡』은 쇼팽이잖아! 나라도 기억을 파헤쳐보면 아는 건데!

시간 제한이 있으면 냉정한 사고가 잘 안된단 말이지…….

“레퀴엠이라는 건 죽은 자를 위한 미사곡이고, 같은 이름의 곡이 잔뜩 있으니까 이 곡은 모차르트가 작곡한 레퀴엠이라는 거야. 레퀴엠은 라틴어로 『안식을』이라는 의미가 있다고 해. 일본에서는 『진혼곡』으로 번역되는 경우도 있는 것 같지만, 지금은 부적절한 번역이라서 쓰이지 않는다고 해. Wiki 정말 좋다.”

스스로 그걸 말하는 건가…… 뭐 출제자가 모르면 그건 그거대로 문제가 있네.

“자, 이 문제로 방송에 부르는 건…… 우츠키 세이 선배, 히루네 네코마 선배 와주세요.”

앗, 내가 틀렸는데도 안 불려가는 건, 심플하게 노력해 봤지만 틀렸구나라고 해석을 한 거구나.

어…… 위험해. 어쩐지 이거 엄청 창피한데?! 하다못해 방송에서 박제당해 웃음을 부르는 편이 그나마 라이브온다운 마무리를 지을 수 있어서 고마울 정도인데?! 이 갈 곳 없는 수치심을 어떡하면 되지?!

이래서는 나, 그냥 문제 틀린 바보잖아!

“아~ 아~, 들리니?”

“네, 세이 님, 잘 들려요.”

“마시로 군이랑 이렇게 얘기하는 건 조금 오랜만이군. 최근에 어떠니? 지금도 풋네일 페티시즘인 거니?”

“최근에는 발가락을 초콜릿에 담그는 시추에이션에 빠져 있어요.”

“야하구먼.”

“냐냐냥~! 네코마도 왔어~!”

"네코마 선배도 어서 오세요. 이걸로 다 모였네요."

: 자연스럽게 터무니없는 성벽을 폭로하지 마.

: 마시롱의 밸런타인 일러스트가 정해진 순간이었다.

: 인사 대신 이런 대화 나누는 두 사람 무섭다

"그건 그렇고 2기생에서만 두 명이 사이좋게 등장이네요. 창피하지 않은가요?"

"마시로 군, 좀 더 경멸하는 느낌의 표정으로 부탁할게."

"네코마는 문제를 틀린 것보다, 이런 세이랑 동기라는 게 훨씬 창피하거든."

"아 그래요. 하지만 사실 두 사람의 사이좋은 포인트는 그것뿐이 아닙니다. 무려, 두 사람은 문제의 대답까지 완전히 일치하고 있어요."

어, 정말로? 정답이면 겹치는 게 당연하지만, 여기에 불려왔다면 틀린 거니까, 그러면서 겹치다니 꽤 드문 일 아닐까?

"그 대답이 이겁니다."

【【내 엉덩이를 핥아라】】

———.

: 빵 터졌네

: 미안, 솔직히 알고 있었다.

: 분명히 모차르트가 작곡한 곡이긴 한데 ㅋㅋㅋ

: 이 곡 정말로 타이틀은 유명하잖아 ㅎㅎㅎ

: 하지만 정작 들어본 사람은 꽤 적단 말이지

: 그런 곡이 있는 거냐, 몰랐다……

"둘 다 문제 잘 읽었어요? 이거 모차르트의 유작을 묻는 문제란 말이죠. 마지막에 남긴 게 이 곡일 리 없잖아요."

"하지만 모차르트의 대표곡이라면 이거지."

"세이 말이 맞아."

"모차르트를 뭐라고 생각하는 건데요?"

—말 못 해.

"하지만 세이 님은 모차르트의 곡 이것밖에 모르거든. 그렇지? 네코마 군."

"이게 정답이라니까."

"틀렸으니까 여기에 불려온 거야, 이 바보 선배들이."

"앗, 마시로 군 그거 아니? 이 곡명으로 알 수 있는 것처럼 모차르트는 사실 섹드립을 참 좋아하고, 사촌동생한테 섹드립이 잔뜩 들어간 편지를 보낸 적이 있거든."

"세이는 박식하구나."

"왜 모차르트에 관해서 이 곡밖에 모르는데 그런 토막 지식은 아는 건데요?"

—내가 유일하게 떠올린 모차르트 작곡의 곡도 이거였다고는, 입이 찢어져도 말 못 해!!

: ㅋㅋㅋㅋ 이게 정답이라니까는 개뿔이

: 설마 모차르트도 미래에 이 정도로 기억할 거라고 생각 못 했겠지.

: 아와유키 쨩이 다른 대답을 한 게 뜻밖이었다.

: 그러게. 슈와가 아니라 그런가?

아아! 하지만 채팅창에서 말한 것처럼 틀릴 거라면 박제 당해서 웃음 거리가 되는 게 더 좋았을지도 몰라!

세이 님이랑 네코마 선배가 부럽다! 나도 내 엉덩이를 핥아라로 대답을 했으면 좋았…… 조…… 좋았…….

아니 역시 그건 아니지. 이 대답을 적는 청초는 없다. 응.

"문제. 『주사위는 던져졌다』와 『왔노라, 보았노라, 이겼노라』등의 인용구로도 알려진 공화제 로마 말기의 집정관, 가이우스 율리우스 카이사르가 암살로 임종할 때, 자신을 배신했다는 걸 알게 된 심복에게 외쳤다는 명언은 뭘까요?"

오우, 이번엔 세계사네…… 아무리 나라도 카이사르란 이름은 들어본 적 있다.

문제 안에서 나온 인용구도 힌트가 될 거야, 이름만 그런 게 아니라 이 두 개의 말도 명언으로 들어본 적이 있다. 다시 말해서 대답은 나도 알고 있을 가능성이 높다.

응, 생각해보면 나올 것 같아! 머리를 돌려라!

: 나왔군, 인기 대머리 자식.

: 빚투성이도 잊지 마라ㅋㅋ

: 역사적 위인이거든 ㅋㅋㅋ

: 업적도 있지만 무엇보다 이름이 멋지단 말이지.

: 셰익스피어의 쥴리어스 시저 같은 걸로도 유명한 사람이지

문제를 떠올려 보자. 상황은 심복에게 배신당했을 때, 그리고 자신의 죽음 직전. 이 상황과 일치하는 나도 알고 있는 명언.

―헉! 좋았어! 딱 맞는 게 파앗! 하고 나왔다! 이건 분명 정답이야! 정답의 확신이 있다고 해도 된다!

"남은 시간 10초야~, 대답 서둘러~. ······················자, 타임업. 후훗, 그러면 정답을······ 푸후후후······."

앗, 이거 마시롱을 보니까 또 진기한 해답이 있었군.

보통은 그렇게 간단히 진기한 대답 같은 게 안 나올 거라고 생각하지만···. 뭐 라이브온이니까 안 나오는 편이 신기하지.

"어흠. 실례. 그러면 정답 맞혀본다. 정답은『브루투스, 너마저』입니다."

좋았어, 정답! 거봐! 역시 맞았어! 어때어때!

"심플하면서 한 번 들으면 머리에서 떨어지지 않는 명언이네. 브루투스라는 건 인물명이고, 이 사람이 바로 카이사르의 심복 중 한 명이면서 배신한 마르쿠스 유니우스 브루투스야."

: 이것도 자주 듣는 거지.

: 일반상식이라고 해서 그런지 출제범위가 넓어도 유명한 것밖에 안 나오는 게 양심적이다.

: 배신당했을 때 말하고 싶은 대사 랭킹 부동의 1위

: 공감!

: 애당초 배신당하기 싫다만……

"이번에는…… 응, 야나가세 챠미 쨩이랑 마츠리야 히카리 쨩, 그리고 소우마 아리스 쨩도 와줘야겠어."

3기생 정신 차려…… 아니 나도 남 말은 못하나. 첫 문제에서 사고쳤으니까.

"자, 세 명 축하해. 경사스럽게 공개처형에 선택됐어."

"벌써 두 번째지 말입니다……."

"그럴 수가아…… 어라아? 이 대답 아니었던가? 자신 있었는데……."

"마시로 쨩! 히카리는 모든 문제 박제해 줘! 마구 바보 취급해 줘! 정답이라도 여기 불러서 웃음거리로 만들어줘!"

"드디어 이 자리에 오는 걸 즐기기 시작하는 라이버가 나왔네…… 그래도 일단 테스트고 최우수상은 선물도 있으니까, 나는 룰을 지켜서 특별대우 같은 건 안 해. 제대로 도전하세요. 알았어? 아리스 쨩."

"네? 어째서 이 흐름으로 지명을 당한 것이지 말입니다?"

"이런 답을 적으니까 그렇지."

【아와유키 공 만세!!】

멋대로 남으로 만세하지 마, 손 내려.

“변명을 해볼래?”

“이런 암기 문제, 미리 대답을 모르면 어쩔 수 없는 것이지 말입니다.”

“내려놓지 마. 그리고 이 명언 들어본 적 없어?”

“대답을 말하자면, 얼핏 기억에 있었지 말입니다.”

“그러면 어째서 지금 내려놨어? 솔직하게 반성하세요!”

“이래봬도 레지스탕스의 일원이라서!”

“이상한 것만 공식 설정 지키지 마…… 그리고 이 대답 완전히 개그로 달렸구나. 카이사르는 기원전 사람이거든? 아와 쨩이 그때 있을 리 없잖아.”

“무슨 말씀을 하시는 겁니까? 설마 카이사르가 진심으로 충성을 맹세했다는 코코로네 스○○로 아와유키 공을 모르는 것입니까?!”

“자기 맘대로 역사를 왜곡하지 마.”

: ㅋㅋㅋㅋ 히카리 쨩이랑 챠미 쨩 뒤에서 폭소하잖아.

: 아리스 쨩 정말 극호다

: 아와 쨩이 스○○로에 이끌리는 건 전생의 자신의 일부를 바라기 때문이라는 게 들켜버렸군.

: 위험한 녀석 중에서도 특히 위험한 녀석이군

“……그럼, 다음은 샤미 짱인데…. 이 대답은 진심으로 이게 정답이라고 생각했어? 잘 모르니까 개그로 달린 거 아니고?”

“어? 그야 물론이지. 이거 말고 없다고 생각했는데…… 어라~?”

“……그러면 샤미 짱의 대답, 오픈.”

【파트라슈, 나 이제 지쳤어】

그거, 아니지 않아?

“마시로 짱, 이거 아니었던가?”

“응, 아냐. 그리고 그냥 전부 틀렸잖아.”

“어어? 이거 카이사르의 명언 같은 것도 아냐?”

“카이사르의 카자도 안 나와. 이거. 정말로 어떤 착각을 하면 이게 나오는 건가 싶은 영역인데.”

“앗, 이거 『플란다스의 개』에 나오는 거다!”

“…………아아아?!?!”

히카리 짱의 말을 듣고 드디어 너무나 성대한 착각을 깨달았는지, 샤미 짱이 놀란 소리를 낸 다음, 소리가 안 되는 비명을 지르며 창피해하기 시작했다.

: 그런 착각을 할 수 있나?

: 샤미 짱 지친 거 아냐?

: 뭐 마지막 말이라는 건 공통이긴 하지…….

: 카이사르「브루투스, 나 이제 지쳤어」

: 부르터스「어서 죽어라」

“그리고 마지막으로 히카리 쨩, 웃거나 태클을 거는 참에 미안한데, 네 대답도 어지간해. 자 이거 봐.

【블루투스, 너마저!】

“뭔가 블루투스에 가까운 사람 이름을 불렀다는 것까지는 히카리도 알았거든! 아까워라!”

“블루투스에 무슨 원한이 있는 건가 생각해 버렸잖아.”

히카리 쨩, 아깝, 아ㄲ, 아, 아아아아…… 아아니 안되겠어. 나는 이걸 아깝다고 인정하고 싶지 않다.

그럼, 이걸로 셋 다 끝났으니까 다음 문제로— 나도 방송에 나와 있는 라이버도 그렇게 생각했는데…. 여기서 히카리 쨩의 해답을 보고 채팅창이 기이하게 술렁거리기 시작하여, 뜻밖의 전개로 발전하게 됐다.

: 이건 정답 아냐?

: 브루투스라고 해도 맞으니까.

: 그렇지. 영어식 발음이 아니면 되는 거잖아.

: 일본어 번역의 표기 불안정이라고 생각하면 정답일수도?

: 어, 하지만 발음이 좀 다르니까.

그렇다. 어디까지나 배신한 사람의 이름은 분명히 브루투스지만, 그건 영어식 발음. 번역 시 표기와 다를 수 있다.

그 흐름에서 히카리 짱의 답도 정답이 아닌가라고 주장하는 의견이 나오고 있었다.

"어…… 일리가 없다고는 안 하겠지만 아무래도 이건 좀……."

"하지만 마시로 짱! 시청자들 중에는 세이프라고 하는 사람도 있어!"

마시롱은 고민한 끝에, 판단을 라이브온 공식에 맡기기로 했다.

그리고 라이브온 공식의 견해는—『OUT』이었다.

"라이브온, 너마저!"

깔끔하게 콩트를 마무리한 히카리 짱이었다.

"문제. 칠복신 중에 하나인 대흑천 님은 커다란 주머니를 들고 있습니다. 그 안에 뭐가 들어있는지 답하세요."

아~ 저요저요! 칠복신 님 말이죠! 그럼요그럼그럼요. 이런 건 말이야, 완전 말이야, 여유라니까!

"칠복신 님의 문제네. 일본에서는 일반적으로 경사스런 존재란 인식이 강하고, 말 자체는 대부분 알고 있겠지만, 신들 모두의 이름을 알고 있을까? 혜비수(에비스), 대흑천

(다이코쿠텐), 비사문천(비샤몬텐), 변재천(벤자이텐), 복록수(호쿠로쿠쥬), 수노인(쥬로진), 포대(호테이)의 일곱 신으로 구성되어 있으니까, 기왕 나온 거 기억해두자."

그래그래. 그런 건 뭐 당연하지! 너무 잘 알아서 자고 있는 사이에도 계속 신들의 이름을 순서대로 읊조릴 정도라니까 나는!

"그러면, 이 칠복신님 말인데, 사실 일본뿐 아니라 인도나 중국의 신들이 유래가 된 신들도 있어. 예를 들어 대흑천 님, 비사문천 님, 변재천 님은 각자 인도의 힌두교에서 마하칼라, 쿠베라, 사라스바티가 유래가 된 모양이야."

: 마시롱 선생님 박식해~! 머릿속 위키피디아!

: 절묘하게 바보 취급하는 것 같잖아

: 마하칼라는 시바를 말하는 거 아니던가? 화기애애한 생김새인데 의외로 치열한 멤버도 있었구나…… ¥777

: 뭐 그거다. 유래가 그쪽인 것뿐이니까……

: 힌두교의 신들은 상당히 자극적인 에피소드가 많지. 그게 또 매력적이지만.

: 아~ 그래그래. 후쿠진즈케[#36] 말이지. 카레에는 필수라니까.

: 그렇지! 맛있어!

#36 후쿠진즈케 7가지 야채를 함께 절인 반찬. 칠복신과 같은 수라서 그 이름을 따 후쿠진(복신)즈케라고 불린다. 일본에서는 주로 카레에 곁들여 먹는 이미지가 강하다.

나, 그거 나도 알아~! 잘 알아요~! 내가 칠복신 님에 대해 모르는 것은 단 하나도 없거든! 사실 나 칠복신에 진심이라고! 칠복신 님 전원의 동담거부 성가신 오타쿠 여자라니까!

"그럼, 해설하는 사이에 10초 남았어~. 대답 아직인 사람은 서둘러. …………자, 타임업. 그러면 정답 맞히기. 정답은『칠보』입니다."

후우~! 해냈다!

"보물이라고 해도 물질적인 게 아니고, 인간에게 소중한 일곱 가지 정신적 보물이라고 일반적으로 해석되고 있어."

꺄~! 역시 대흑천 님 멋져! 나도 그 주머니 안에 넣어줘~!!

"그러니까 이번에도 박제를 할 건데…… 엄청 틀린 사람 있잖아. 분명히 이 문제는 조금 어려웠을까? 응~ 어떡하지. 일단 시온 선배는 와줘야겠어요."

훗, 다들 이 정도도 모르는 건가. 나는 서글프군…….

"그리고 아와 쨩, 알고 있지 얼른 와."

이런 문제 알 리가 없잖아~.

"자, 두 사람 왔구나."

"시온 선배. 칠복신 중에 누가 최애예요?"

"어? 최, 최애? 아와유키 쨩, 갑자기 무슨 말이야? 저기, 굳이 따지자면 에비스 님 좋아하는데~."

"저는 칠복신 모두의 동담거부 여자니까 적이네요. 각오하세요. 에비스 님은 제 겁니다."

"적이 많은 건지 적은 건지 잘 모를 최애 응원이네. ……그리고 문제 틀렸으니까 여기 있는 거 아냐? 최애에 대한 걸 틀리면 안 되지!"

"이 문제가 출제된 순간에 최애가 됐으니 어쩔 수 없어요."

"아와유키 쨩, 혹시 취했니?"

"취했습니다."

"아와 쨩 거짓말치지 마. 문제 틀린 걸 취한 탓으로 해서 얼버무리려고 해도 소용없거든. 시온 선배도 진지하게 상대하지 않아도 돼요."

"어? 아, 저기, 죄송합니다…… 하지만 마시롱, 어째서 내가 안 취한 걸 알았나요? 첫 문제부터 이 문제까지 오는 동안 마셨을 가능성도 있잖아요?"

"나 정도 되면 음색으로 알 수 있어."

"앗, 그렇구나."

그렇구나아… 마시롱 그렇게까지 알 수 있구나……. ////

"자, 그러니까 아와 쨩의 답변이 이거."

【스ㅇㅇ로 1년분】

"자, 다음은 시온 선배의 답인데요."

"기다려 마시롱! 하다못해 더 언급해 줘! 불렀으면 하다못해 놀려줘!!"

"그치만 예상했던 거니까."

"아니야! 이건『저 주머니 안에는 15,500개의 스ㅇㅇ로가 들어 있는 거야』라고 맹한 소리를 하고,『그거 1년분의 수가 아니지 않아?』라고 태클을 거는 것까지 계산한 답이야!"

"해답 시간을 왜 개그를 생각하는 시간으로 쓴 거야?"

"요만큼도 몰랐으니까 그야 개그로 달려야지!"

"예능인 의식의 귀감이네."

: 보기 좋다.

: 뭐 주머니 안은 여러 가지 해석이 있으니까 그거면 되는 거 아냐?

: 할당량 달성

마시롱이 한껏 띄웠다가 추락시킨 참에, 다음은 시온 선배의 대답—

【모두의 소원】

"있잖아 마시로 짱, 이거 틀린 거야? 나는 이렇게 배운 적 있는데."

호에~, 꿈이 있어서 좋은 답이네.

"일설은 그렇다고 하는데요. 하지만 불길한 예감이 들어서요, 갑작스럽지만 찬스 타임."

“어? 찬스 타임?”

“지금부터 시온 선배에게 질문합니다. 그 대답 내용에 따라 정답인지 아닌지 정할게요.”

“꽤 밀어붙이네…… 하지만 알았어!”

“그러면 질문입니다. 대흑천 님의 주머니 안에 들어있는, 시온 선배의 소원은 뭔가요?”

“어? 주머니에 한가득 아기가—”

“아웃.”

“어째서~?!”

최악의 대답이잖아~.

: 히엑?!

: 이건 마시로 쨩의 판단이 옳아.

: 크툴루 신화가 아니거든요~.

: 그러면 대흑천 님이 유괴범처럼 보이잖아요!

: 아기는 모~두 넣어 버리자~

: 터무니없는 모독이잖아…….

“봐요, 채팅창에도 안되는 이유가 줄줄이 나오잖아요.”

“으…… 나, 나랑 대흑천 님의 아이일지도 모르잖아!”

“여보세요. 신한테 불판을 깔지 마세요. 애당초, 시온 선배는 무녀니까 이런 종류의 문제는 제대로 대답을 안 하면 안 됩니다.”

“우우우—……네, 맞는 말입니다. 공부해둘게요…….”

정답을 적었는데도 오답이 된다. 라이브온은 그런 장소다.

“문제. 일본에서 8월 11일은 공휴일입니다. 어떤 날이라서일까요?”

어이쿠, 이 틈을 타서…….

“많은 사람이 경사스럽게 생각하는 공휴일에 관한 문제네. 그야 알고 있을 거라 생각하는 사람도 있겠지만, 우리는 샐러리맨이 아니라 라이버. 공휴일이나 요일 감각 따위 있으나마나한 것. 그런 활동을 계속하는 가운데 세간의 가치관을 제대로 기억하고 있는가를 묻는 노림수가 있는 거야.”

—아자 준비 완료! 그러니까, 문제가 뭐였지? 공휴일?

“뭐, 조금만 힌트를 주자면, 문제를 잘 생각해보면 어느 정도 후보를 좁힐 수 있을지 모른다는 거지. 다들 알겠어?”

위험해, 얼른 대답을 써야 돼! 시간이 없다 서둘러라!

: 예스!

: 이건 알았다.

: 공휴일임에도 아침에 잘 다녀오라는 방송을 하는 게 라이버들에게 이건 난관이야.

: ㄹㅇㅋㅋ

: 아~ 그렇군. 분명히 그건 힌트네

……오케이 안 늦었다! 후우, 그렇잖아도 제한시간이 짧

으니까. 위험해라.

"자 타임업. 그러면 정답 맞히기야. 정답은 『산의 날』입니다. 공휴일법 2조에서는, 산과 친해질 기회를 얻어서, 산의 은혜에 감사하는 것이 취지라고 하는 모양이야. 참고로 아까 힌트로 말한 건, 해마다 날짜가 변해버리는 공휴일은 이 문제에 안 낼 테니까 그걸로 좁혀보라는 거네."

그래그래. 슬슬 달아오르는걸!

"그러면 정답 체크랑, 이건 정답을 맞춰주면 좋겠는데…… 우와아, 이거 뭐야…… 어~ 아와 쨩! 한 번 더 이리 와봐!"

에헤~, 호출 받았네!

"있지 아와 쨩."

【마시롱과 결혼식 방송한 날♥】

"이 답은 뭐야?"

"있지 마시롱. 이 문제는 결함이 있어. 어느 해인지 알 수 없어서 올해의 답을 써버렸는데 작년이었으면【마시롱의 고백 기념일♥】이었잖아 이거."

"용케 그런 대답을 써서 나한테 시비를 거는 구나, 결함 같은 거 없거든. 정말, 이걸로 아와 쨩 두 번 연속으로 호출이야. 하다못해 감으로라도 좋으니까 다른 공휴일을 쓰자, 근로감사의 날 같은 거 있잖아."

“근로감사? 흥! 라이버 운운 이전에, 사축 시절에는 근로를 감사한 날 따위 없었거든! 노동자의 날에도 평범하게 일을 했었어, 나는!”

“미안, 그렇게 비통한 대답이 올 줄은 몰랐어…… 근데 어라? 혹시 아와 쨩 지금 취했어?”

?!?!

“괴, 굉장해! 정말로 알 수 있구나! 사실 방금 서둘러서 스ㅇㅇ로 가져와서 마셨어! 이제 마시기 시작한 참이라 거하게 빤 것도 아닌데 굉장해!”

“말했잖아. 나 정도 되면 목소리로 안다니까.”

“아무리 그래도 농담이라고 생각했는데…… 감격했어요! 역시 나를 엄청 좋아하네! 서로 사랑하는 사이네!”

“그럼그럼. 좋아하지.”

: 마시롱 쩐다

: 기분 탓인지 목소리가 부드러운가 정도였는데

: 왜 출제자한테 퀴즈를 내는 거야 이 여자…….

: 이걸로 마시롱도 슈와 쨩도 대답했으니까, 퀴즈에 라이브온 전원 참전이구나!

: 그, 그런 건가?! 슈와 쨩 설마 거기까지 생각하고…… 얼마나 동료를 생각하는 거야!

: 절대로 아무 생각 없으니까 안심해도 된다

“……참고로 슈와 쨩.”

"응~? 왜 그래? 마시롱."
"올해 8월 11일은 나랑 슈와 쨩 둘이서 산의 날이라면서 항아리 할멈을 병행 방송한 날이야."
"어?"
아, 분명히 그 시기에 그런 거 한 것 같은데.
……아니 그게 아니고!
"어, 어째서 그렇게 예전 일을 기억해?!"
"어, 그야 아와 쨩 슈와 쨩이랑 콜라보는 꽤 기억하거든. 전부까지는 아니지만 즐거웠던 건 특히 자세히 기억해. 예를 들면 그거, 같은 8월이면 22일에 둘이서 마작 공부 방송을 했잖아."
"어?! 어어어어어?!"
"어라라? 하지만 슈와 쨩은 기억 못 하는구나~, 유감이네~."
"아, 아니, 어,"
"후훗, 아까 서로 사랑하는 사이라고 했는데. 사랑이 부족한 건 슈와 쨩이 아닐까~?"
"죄, 죄송합니다……."
"알았으면 다음에 또 도전하세요."
"네헤……."
얼굴이 뜨거워…. 이건 술 탓이 아니네…… 아예 알코올도 날아갔다…….

: 꽁냥대지 말고!

: 존귀한 관계는 극호지만 이거 다른 라이버가 다들 보고 있거든 ㅋㅋㅋ

: 바보 커플이냐?

: 마시롱은 저래 보여도 아와유키 좋아죽는단 말이지

: 이래서는 전원 참전을 넘어 기존 캐릭터가 전원 정리해고입니다만……

: 전(둥!) 원(둥!) 정리(둥!) 해고(두둥!)

: 모 PV풍[#37] 엄청 커다란 자막으로 저랬다간 보통 난리가 아닐텐데.

여기까지의 시점에서 라이브온 라이버의 일반상식은커녕 일탈상식인 진기한 대답이 속출한 이 기획. 이 참상에는 닌○ 슬레이어=상마저 창백할 거다.

그러나 기획은 이제 초반이 끝났다고 할 정도. 기획의 최종문제가 끝나는 그때까지, 라이브온들은 진기한 대답이 속출했다.

이하에 기록하는 것은 그 일부다.

#37 모 PV 다양한 IP의 캐릭터들이 한자리에 모여 난투를 벌이는 게임 「슈퍼 스매시브라더스 얼티밋」의 공식 PV가 공개되었을 때, 약 20년 동안 발매된 시리즈들에 등장했던 모든 캐릭터를 등장시키는 것(전원 참전)을 내세워 전 세계의 게임 팬들에게 큰 반향을 일으켰다.

【문제. 전압 × 전류 = 뭘까요?】【정답. 전력】
↓
【답변자. 마츠리야 히카리】【답변 세계멸망!】

【문제. 사람은 몇 개의 염색체를 가졌을까?】【정답. 46개】
↓
【답변자. 야마타니 카에루】【답변 나랑 같은 수】

【문제. 마르코 폴로가 아시아의 나라들에서 견문한 내용의 구술을 책으로 만든 여행기의 타이틀은 뭘까?】【정답. 동방견문록】
↓
【답변자. 카미나리 시온】【답변. 마ㅇ코는 아홉 살】
【답변자. 코코로네 아와유키】【답변. 지구 속으로】
【답변자. 우츠키 세이】【답변. ANAL(Asian Nations All Looked)】

【문제. 쿠카이(空海)가 헤이안 시대 초에 연 대승불교 종파의 일본불교를 뭐라고 할까?】【정답. 진언종】
↓
【답변자. 히루네 네코마】【답변. 육(陸)에 대항하는 교】

【문제. 프랑스 왕국의 군인 잔 다르크가 활약한 전쟁은 무슨 전쟁일까?】【정답. 백년전쟁】

↓

【답변자. 우츠키 세이】【답변. 성녀 VS 얼터 — 섹시 전쟁】
【답변자. 야나가세 챠미】【답변. 천년전쟁】
【답변자. 소노카제 에에라이】【답변. 성배전쟁】

【문제. 2024년부터 유통이 시작되는 새로운 1만 엔 지폐에 그려진 인물은 누구?】【정답. 시부사와 에이이치】

↓

【설마 했던 유일한 전원 정답. 마시롱이 얼핏 봐도 불만스러워서 귀여웠다】

등등, 전 20문이 출제되어, 이 테스트는 끝을 맞이했다.

현재는 라이버 전원이 방송에 참가하여, 기획은 마무리에 들어가고 있었다.

“어~ 그렇게 돼서, 테스트는 이걸로 끝이 나는데요. 마지막으로 모두의 성적을 발표합니다. 우선 에에라이 쨩이랑 시온 선배, 참 잘했어요. 거의 정답이네요. 다음으로 아와 쨩, 네코마 선배, 챠미 쨩, 아리스 쨩, 평범하네. 라이브온으로서 부끄럽지 않아? 다음은 나머지 바보들, 선생님은 너희들이 걱정입니다.”

어? 왜 나 절반 정도 정답인데 수수께끼의 질타를 들은 거지……?

"그리고, 마지막으로 최우수상을 발표하려고 합니다. 무려, 이 중에 전부 정답을 맞힌 라이버가 한 명 있어요."

마시롱이 상당히 임팩트 있는 말을 했다. 아무리 일반상식이라지만, 20문제 전부 정답할 수 있는 사람이라면 의외로 적단 말이지.

그러나 라이버 모두가 모인 이 자리와, 그리고 채팅창의 상태는『알고 있었다』라고 말하는 사람을 가득했다.

그래. 왜냐면 유일하게 한 번도 박제에 안 불려왔던 그 사람. 후반 정도부터 이거 전부 정답이라서 마시롱이 부르고 싶어도 못 부른다는 걸 어렴풋이 짐작했었다.

"그리하여 최우수상은— 아사기리 하레루 선배입니다! 마시롱 선생님이 참 잘했어요 마크를 줄게요!"

"예~~~이!!"

명백하게 대본에 있을 거라고 생각되는 대사를 명백하게 꾸며낸 텐션으로 읽는 마시롱.

기다렸다는 것처럼 이번에는 나도 포함하여 모든 라이버가, 그리고 채팅창의 모두가 박수를 보내고, 칭찬의 말을 했다.

이야~ 그건 그렇고 역시 대단해. 천재인 사람인 건 잘 알고 있었지만 이런 테스트에서도 결과를 남기다니…….

정말로 뭐든지 할 수 있는 사람이네.

"있잖아, 마~시~! 얼른! 얼른 멋진 선물 줘! 최우수상이야, 나!"

"호오, 저의 칭찬으로는 불만인가요?"

"응!"

"솔직한 아이네요…… 알았어요. 그런 하레루 선배에게, 제가 하나의 칭호를 선물합니다."

"오, 칭호? 이건 조금 뜻밖인 게 왔네. 하지만 그런 거 좋은 것 같아! 어떤 거야? 응응?"

"네. 하레루 선배에게는 제가 『라이브온에서 제일 시시한 사람』의 칭호를 내립니다."

"어?"

ㄹㅇㅋㅋ.

"어, 어어어어어어어째서?! 나 전부 맞췄는데!"

"아니 그러니까 문제잖아요. 솔직히 너무나 부를 기회가 없어서 시청자들 중에 다 포기하고 기어이 『아, 있었네』라고 생각한 사람 분명 있을걸요."

"너무해?! 기껏 내 지능을 순수하게 선보일 수 있는 자리가 왔다고 생각해서 열심히 했는데?!

"그리하여, 라이브온에서 제일 시시한 사람 선수권인 분, 어떠셨나요? 이제 그만 헤어질 시간이네요."

"기획 내용이 변했잖아!! 싫어어! 시시한 사람은 싫어어어어어어어어어어어어—!!!!”

이렇게, 보기 드문 것 같지만 그렇지도 않은 하레루 선배의 비명과 함께 기획이 끝났다. 잊을 뻔했는데, 이 사람 뭐든지 할 수 있지만 어쩐지 안쓰런 사람이었지.

참고로 멋진 선물이 칭호라는 건 아무리 그래도 농담이고, 훗날 하레루 선배한테는 아바타에 인텔리풍 안경 버전이 추가됐다.

막간 악몽

나는 친가를 나와 독립한 뒤로, 한 번도 부모와 대화한 적이 없다.

그래. 회사에서 일하던 때도, VTuber가 된 뒤에도. 친가에 귀성한 적조차 없다.

왜냐면— 나는 가족이 없으니까.

내가 태어난 집에 가정이란 것은 존재하지 않았다.

나는 외동으로 형제자매가 없었다. 그리고 자란 집은…… 평범한 것하고는 조금 달랐다.

아버지는 본래 대단히 엄격한 사람이었다고 한다. 너무 성실해서 융통성이 없단 말을 들을 정도로 완고한 일중독 인간이었다고 한다.

……그래. 『이었다』고 한다.

내가 철이 들 무렵에는, 아버지는 명백하게 그런 인간이 아니었다.

언제나 뭔가에 짜증을 내고, 그리고 자신의 몸을 걱정했다. 조금이라도 자기 마음대로 안 되는 일이 있으면 고함을 질러댄다. 남의 말을 전혀 안 듣는다. 그런 일그러진 완고함만 남은 사람, 그것이 내가 아는 아버지라는 인간이었다.

우리 집은 가난했는데, 그것도 아버지가 일해서 번 돈을

독점해 어딘가에 흘리게 된 뒤부터라고 한다. 우리 집의 가계부는 어머니의 아르바이트에 크게 의존하고 있었다.

어머니는 그런 아버지를 상대하는 것에 지쳐버렸는지, 언제나 나를 상대로 불평하고 있었다. 그런 주제에 이혼 같은 행동을 하려고 하지도 않고, 언제나 하고 싶은 말만 하고서, 모든 것을 포기한 표정으로 아버지 곁에 돌아갔다.

사실은 그런 가정환경을 나는 아무렇지도 않게 생각했다. 당시 나는 아직 초등학교에도 안 들어갔다. 그게 보통이라고 생각했다.

그러나— 내가 스스로 사물을 생각하게 될 나이가 되자, 강렬한 위화감을 느꼈다.

어째서 저 애는 아버지랑 대화하는 걸까? 어째서 저 애한테 말을 거는 엄마는 저렇게 상냥한 미소를 짓고 있는 걸까? 어째서 고함을 치는 소리에 다들 무서워하지 않는 걸까? 어째서 저 애는 가족이랑 함께 밥을 먹는 걸까? 어째서 다들 당연하게 가진 것이 나한테는 없는 걸까?

그걸 생각하면 할수록 콤플렉스라는 형태로 나를 얽매었다. 가족이라는 것이 부럽기 짝이 없어서, 가지고 싶어서 어쩔 수가 없어졌다.

그 뒤로, 괜찮았던 것도 괜찮다고 생각할 수 없게 됐다. 아버지가 무서워서 어쩔 줄 모르고, 어머니의 불평을 듣는 것도 울 것 같아져서 철저하게 도망쳤다.

그런 것을 계속하다 보니— 기어이 우리는 같은 건물에 살기만 하는 타인이 되어버렸다.

어머니하고는 정말 최소한의 사무적인 대화밖에 안 하게 되고, 아버지는 그 뒤로 오늘날까지 한 번도 대화 같은 대화를 한 적이 없다. 어머니와 아버지 사이도 보다 악화되고, 가정에서 목소리가 사라졌다.

가끔 들리는 아버지의 고함 소리. 얄궂게도 그것이 나에게는 가장 가정을 느끼는 순간이었다.

그러나, 그런 아버지와 어머니를, 나는 원망하지 않았다. 왜냐면 어른이 되어가면서, 사회를 알면 알수록 깨닫는 것이다. 분명 아버지는 어디선가 톱니바퀴가 어긋나버린 것뿐이다. 그리고 그 원인은 아버지가 아니다. 이 사회의 비정함과, 그리고—.

"네가 그런 녀석을 낳았으니까 내가 이렇게 된 거야!"

내가 태어난 것에 따른 피로가 원인이다.

아버지는 어머니에게 자주 이렇게 외쳤다—.

그래도, 아버지는 내가 성장하면서 최소한의 비용은 부담했다.

이건 당시부터 감사하고 있는데, 동시에 그것이 괴롭기도 했다.

아버지는 자신의 몸을 지키는 것을 무엇보다 제일로 생각했다. 만약 학대 따위를 의심받으면 자신이 위험해질 거라고 생각했는지, 치명적인 한 수는 결코 두지 않고 필요한 것만 건네고 철저하게 나와 거리를 두었다.

그리고— 아버지와 어머니는 밖에서는 이 가정환경이 의심받지 않도록, 사이가 좋은 태도를 취해서 좋은 어머니와 아버지이고자 했다.

어느 날 일이었다. 학교에서 돌아오던 내가, 우연히 집 앞에서 이웃에 사는 아주 조금 교류가 있는 할머니와 만나 가볍게 인사를 나누고 있었다. 그런 장면에 더욱 우연이 겹쳐서, 일하고 돌아온 아버지가 합류했다.

나는 어떻게 할까 난처했는데, 아버지는 할머니한테 인사를 하더니 나한테 그저 한 마디 「집에 들어가라」라고 했다.

그때는 어째서 그렇게 말했는지 모른 채 따랐지만, 뒤늦게 집에 들어온 아버지가 정말로 희미하게 중얼거린 「위험했다」라는 혼잣말에, 금방 그 의도를 짐작할 수 있었다.

그때 아버지는— 내가 이 가정환경을 할머니에게 말하는 것을 경계해서 나를 멀리한 거다.

아버지는 나를 적으로 보고 있었다—.

어렴풋이 깨닫고는 있었지만, 확실하게 목격해버린 나는 자신의 감정을 컨트롤하지 못할 만큼 쇼크를 받았다. 그래서, 나는 분노에 몸을 맡기고 비밀리에 알고 있던 아버지의 외도에 대한 결정적인 증거를 어머니한테 던졌다. 돈은 이 여자한테 사라지고 있었다.

지금 생각하면 정말로 유치한 일을 했다고 스스로도 생각한다. 너는 가족을 가지고 싶었을 텐데 어째서 스스로 부수려고 하는 거야?

그나마 변명을 해보자면— 분명 나는 변화를 바란 거다.

어머니는 처음에는 참 기뻐했다. 이렇게 나를 칭찬해주는 건 처음이었다.

그러나…… 어머니는 결국 그 증거를 버리고 말았다.

「어째서?」 내가 물어보자 「이제 어떻게 안 되니까」 어머니는 그저 그렇게 대답했다.

한때의 분노마저 사라져 버렸다.

그래도, 냉정해진 나는, 역시 아버지와 어머니를 원망할 수 없었다.

애당초 하려고 하면 이 가정 사정을 밖으로 흘리는 것도 간단히 할 수 있다. 왜냐면 누군가한테 말하면 되니까. 그것뿐이니까. 폭력 따위의 치명적인 한 수를 피하고 있던 아버지였지만, 시대와 함께 변화하는 세상의 인식은 그것마저 용납하지 않게 되었다. 이 점은 시대의 변화를 특히 싫어하여 일절 그것을 받아들이지 않은 아버지의 오산이었을 거다.

하지만 그걸 실행하려고 하지는 않았다. 그렇게 하면, 분명 나는 평생 가족을 가질 수 없게 되어 버리니까.

SNS가 보급되고, 조사하면 자신과 마찬가지거나 자신

보다 훨씬 지독한 상황에서 살고 있는 사람이 잔뜩 있는 사회의 슬픈 현실도 알 수 있었다. 나만 그런 게 아냐. 감정이날뛰려고 할 때는 그렇게 생각해서 넘겼다.

그리고 고등학교를 졸업하고, 취직이 정해진 나. 어느 정도 어른이 된 머리에는 지금까지하고는 조금 다른 생각이 싹트고 있었다.

분명 내가 가족을 얻으려면 뭔가 변화가 필요한 것은 변하지 않는다. 하지만 그건 예전처럼 외도 증거를 들이밀고 아버지를 탓하는 게 아니라, 나 자신이 변해야 한다. 그렇게 생각하게 됐다.

역시 어린 시절 자신의 언동이라는 것은, 지금 생각하면 유치하기 짝이 없었다. 태어난 환경만 한탄하는 게 아니라, 내가 움직인다. 그래. 자신부터 바꿔보자.

……어쩌면, 비극의 히로인 역할이 너무나 안 어울리는 자신이 슬퍼진 걸지도 모른다.

나는 친가에서 나오기로 결심했다. 이건 네거티브한 의미가 아니라 포지티브한 생각으로.

분명 나의 존재가 어머니와 아버지에게 무거운 짐이 되어 있었다.

그러면 내가 한 번 멀어지고, 그리고 사회에서 어엿한 인간이 되면 부모도 조금 생각을 바꿔줄 거야. 그런 희망을 가졌다.

실제로, 이건 효과가 있었다. 내가 사라지자 부모는 정신적으로 여유가 생겼는지, 약간, 정말로 약간이지만 험악함이 해소되기 시작했다.

아무래도 둘이 차를 타고, 장을 보러 간 적도 있는 모양이었다.

—내가 그걸 안 것은, 교통사고로 두 사람이 죽었다는 것을 아는 것과 동시였지만.

아아, 신이 있다면 얼마나 나에게 시련을 내리는 걸까?

그런 감상에 젖기도 했지만, 그 뒤에 금방 나는 자신이 그런 생각을 하는 게 가증스러운 지저분한 인간이라는 걸 알게 되었다.

죽음을 알고서 금방, 두 사람의 장례식이 열렸다. 나도 출석했다.

그리고— 장례식이 시작되고 끝날 때까지, 전혀 슬프지 않았다.

눈물은커녕 눈이 마를 정도다. 공기가 무거워서 자세를 유지하는 것도 괴로우니까 얼른 끝나지 않을까? 나는 그런 생각을 해버렸다. 유일하게 유감스럽게 생각한 것은, 이제 나는 영원히 가족을 가질 수 없게 됐다는 것뿐이다.

그리고 드디어 내가 어떤 인간인지 짐작했다.

아아—

결국 나는 가족을 가지고 싶다고 한 주제에—

그건 그저 자신의 이상을 밀어붙이고—

당사자인 아버지와 어머니를 가족이라고 생각 안 한 거다—

나는 자신이 인간으로서, 소중한 무언가가 결여되어 있다고 느꼈다.

콤플렉스는 보다 강렬해졌다.

그래서 안 된다고 생각해도 지금도 떠올려 버리는 거다.

행복해 보이는 가족을 봤을 때, 부럽고…… 그리고 질투가 난다고.

가족을 가지고 싶다. 이미 일그러져 버렸다지만 애정을 느낀다면 아픔마저 부럽다고 생각했다. 하지만 타인은 싫다. 싫다싫다싫다싫다—.

“헉?!?!”

땀투성이 상태로 눈을 떴다. 호흡이 거칠다.

……아무래도 악몽을 꾼 모양이야.

“……잡담 방송에서 실수한 게 원인일까?”

최근에는 V로서 충실하니까, 이런 악몽을 꾸는 일도 줄었는데. 아무래도 그 건이 과거의 트라우마를 자신의 상상 이상으로 깊게 파헤친 모양이다.

"하하하. 꿈에까지 나온단 말이지."

너무나 한심해서 자기 자신에게 조소를 해버렸다.

"……우에에, 어제 술을 마시지도 않았는데 토할 것 같아…… 오늘은 분명히 라이브온 사무소에 가야 하는데……."

깨어있을 때는 마나 쨩의 졸업 방송 일도 있어서 기합이 들어가 있으니까 괜찮다. 오히려 건강한데, 꿈이라는 예상 밖의 공격은 내 정신에 직격해버렸다.

하아. 옛날 일을 아직도 질질 끌다니, 나는 정말로 바보다. 바보바보바보바보!

"—바보라는 건 알고 있는데 말이야……."

결국 그날 나는, 예정 시각 아슬아슬할 때까지 일어나지 못했다.

제3장

바들바들 부들부들

그 악몽에서 눈을 뜬 다음, 사실대로 말하면 이날은 외출을 삼가고 싶었지만, 예정 시간이 다가와서 나는 라이브온 사무소로 가는 길을 걷고 있었다.

이제 10분 정도 걸어가면 도착한다. 그러나 내 발걸음은 명백하게 비틀거리고, 눈앞의 10미터 앞마저 멀게 느껴질 정도로 한 걸음 한 걸음이 무거워져 버렸다.

"집을 나서기 전에는 괜찮을 것 같았는데 말이야…… 허억…… 허억……."

아무래도 내 예상 이상으로 대미지가 컸던 모양이다. 집 안이라면 모를까, 밖을 걸어 다니면 회복은커녕 한층 더 기분이 나빠져간다.

햇볕을 쬐거나 바깥 바람을 맞으면 개선될 거라고 낙관적으로 생각했는데, 터무니없는 착각을 해버린 것 같아.

"정말로, 실수했네……."

사실은 오늘 예정도, 꽤 양이 있다지만 굿즈에 사인을 적는 것뿐이다.

그러면 집으로 배송해달라고 해서 할 수도 있는 일이지

만, 나 같은 일을 하다 보면 스스로 나가려고 생각하지 않으면 밖에 나갈 기회가 없어서 집에 틀어박히게 마련이다. 요전의 잡담 방송에서 건강을 보다 의식하게 되기도 해서, 이 이야기를 들었을 때 내가 사무소에 가서 하겠다고 연락을 해버렸다.

그런데 이 꼴이다. 이렇게 되는 걸 짐작할 수 있었다면, 연락해서 역시 보내 달라고 하거나 다른 날에 하는 것도 가능했을지 모른다.

역시 머리가 안 돌아가고 있는 걸까…… 정말로 바보네…….

"우우우…… 토할 것 같아…… 평소보다 훨씬 멀게 느껴지네……."

작은 소리로 그렇게 말하면서, 감기려는 눈꺼풀을 억지로 열고 그저 하염없이 걸었다.

다른 보행자에게 부딪힐 것 같아서 피하는 동작에도 몸이 흔들려서 힘들다…….

어디서 휴식하고 싶지만, 집에서 아슬아슬할 때까지 쉬었으니까, 그러면 지각…….

……아니, 아무리 그래도 한계야. 이대로는 길거리에서 토해 버린다. 사무소에는 사과 연락을 하고 어디선가 쉬자.

그렇게 정했을 때였다. 분명히 긴장이 풀려버린 거겠지.

"윽?!"

지면의 높낮이가 약간 다른 곳에 발이 걸려서, 몸이 앞으로 쓰러져 버렸다.

"—어라?"

화려하게 넘어졌다. 몸이 단단한 땅에 강타당한다. 나는 그렇게 확신했지만— 몸이 땅바닥과 대조적으로 따뜻하고 부드러운 것에 부딪혔다.

"언니 괜찮아?"

"앗, 미, 미안해요!"

"얼굴이 새파랗거든? 몸 안 좋아?"

"아~, 사실은 토할 것 같아서……."

"그래. 너무 걱정돼서 마침 이쪽에서 말을 걸려는 참이었어. 쓰러지기 전에 안 늦어서 다행이네."

아무래도 누군가 지탱해준 모양이다. 차분한 여성의 목소리가 위에서 들린다. 그러면 이 부드러운 감촉은…… 가슴?!

황급히 고개를 들어 다시 한 번 사과를 하려고 했는데— 지탱해준 여성의 얼굴을 보고 내 머릿속까지 새파랗게 변해버렸다.

화려한 금발을 메인으로 갖가지 컬러 메쉬를 넣은 긴 롱헤어.

귀에는 그거 아프지 않을까 걱정이 될 만큼 다종다양한 피어스가 반짝이고, 얼굴은 과할 정도의 메이크로 하나하나의 부위를 위압감이 느껴질 정도로 강조했다.

그리고 마무리로 나보다도 키가 크다. 권총과 늑골이 그려진 T셔츠에 RPG의 캐릭터로 비유하면 HP가 절반은 줄어들 만큼 대미지를 받은 검은색에 가까운 청바지.

위험해—

"—그리고, 오줌 지릴 것 같아요."

"여러 부위에서 체액이 나올 것 같은 언니네."

완전 무서운 일진이랑 부딪혀 버렸다…….

목소리가 떨린다. 분명히 나랑 다른 가치관으로 살아가는 타입인 사람이야.

"뭐 됐어. 그러면 일단 조금 쉬자. 이대로 걸으면 위험해."

"뒤, 뒷골목에 가는 건가요?"

"무슨 말이야? 그렇네. 저기 카페 가면 되겠다."

"네헤……."

결국 나는 공포에 아무 말도 못 하고, 몸을 지탱받으면서 옆에 있는 카페로 함께 들어가게 되어 버렸다.

"괜찮아? 진정됐어?"

"아, 네에."

"응."

"고, 고맙……습니다."

"인사는 됐어."

카페의 자리에 도와준 일진 언니랑 마주 앉아서, 차가운 음료수로 몸 상태를 정비했다.

사실 가게 들어온 직후에 화장실로 들어가 도망칠까 생각을 했었지만, 평범하게 생각하면 몸이 안 좋아서 넘어질 참인데 구해준 은인이다. 그건 너무 실례가 되잖아.

그렇지만…… 솔직히 말하고 싶어요! 역시 엄청 무서워요!!

공포 탓에 이제 토하려던 것도 쏙 들어갔어! 차가운 음료수를 마시고 있을 텐데, 그것조차 따뜻하게 느껴진다…….

패션이 화려한 사람이라면 히카리 쨩으로 익숙하지만, 이 사람은 인한 사이더들하고는 전혀 다르다. 마구마구 뾰족한 타입이야.

내 인생에서 이런 타입의 사람과 연관될 기회 같은 건 한 번도 없었으니까, 나는 어쩌면 좋을지 모르겠다. 지금 조용히 커피를 마시고 있는 이 사람이 대체 어떻게 나올지 알 수 없는 것이 너무 불안하다.

"아, 저기, 돈은 전부 제가 낼게요."

"그래? 딱히 그런 건 괜찮은데."

"미안해요! 그걸로는 부족하겠죠! 이 지갑에 든 걸로 봐주실 수 있을까요?!"

"어, 어째서? 신종 사기?"

"제가 도저히 갚을 수 없는 감사의 마음을 대신 지폐로 변제하려고 생각해서요."

"별난 말투네. 하지만 돈 같은 건 정말 됐어."

"그, 그러면 몸으로 갚으라는 건가요?! 저 처녀인데 부디 막을 만지는 걸로 봐주세요!"

"……."

"설마 핥기까지?!"

"우와아, 사고가 비참한 언니를 주워버렸다…… 그룹 안에서라면 모를까 현실에서도 이렇다니…… 저주라도 받은 걸까?"

어째선지 작은 소리로 뭔가 말하면서, 미간을 누르는 언니. 무섭다…… 바들바들부들부들…….

"앗!"

"응? 왜 그래?"

"그, 그러고 보니 저, 일 때문에 가던 도중이라서…… 회사에 늦는다고 보고를 해야 돼요."

"그랬었구나. 얼른 연락해 봐."

"죄, 죄송합니다……."

황급히 자리에서 일어나, 스즈키 씨에게 전화를 걸었다.

그러자, 시간적으로 상당히 여유가 있으니까 조금 늦는 것 정도는 전혀 문제없다고 해주었다. 거기다가 몸이 안 좋은 걸 걱정해주는 스즈키 씨. 우우우…… 오늘은 여러 사람들한테 도움을 받기만 하네.

……그래, 겉보기에는 무서운 사람이지만, 이 일진 언니

도 엄청 도와주었다.

자리로 돌아가면서 지금까지의 경위를 새삼 돌이켜 보았다.

……어라? 어쩐지 내가 멋대로 겉모습의 편견으로 무서워하는 것뿐이지, 이 사람 엄청 상냥한 사람 아냐?

"아, 저기, 돌아왔어요."

"응, 괜찮았어? 혼나지 않았고?"

"네. 오히려 걱정을 해줬어요."

"그래."

담백한 말로 들리긴 하지만, 지금 그것도 내가 혼나지 않았을까 걱정을 해준 거지?

"저기, 밖에 뭔가 있나요?"

자리로 돌아가는 도중에, 일진 언니가 계속 가게 밖을 보고 있었다.

점점 이 사람에 대한 무서움보다 호기심이 앞서기 시작했기 때문에, 용기를 내서 질문을 해봤다.

"응. 저기, 저기 걷고 있는 개를 보고 있었어."

"……아아."

분명히 시선 끝에 터벅터벅 주인과 걷고 있는 대형견이 있었다.

"저건~. ……어떤 견종일까요? 다리가 굉장히 길고 슬림하니까…… 앗, 보르조이일까요!"

"아니, 재는 살루키야. 털이 좀 짧고 체격도 보르조이보다 조금 작아."

"헤, 헤에."

잘 아는구나…… 살루키란 이름이 이렇게 금방 나오는 사람 꽤 적지 않을까?

"동물, 좋아하는 건가요?"

"응. 좋아해."

즉답하는 일진 언니. 뜻밖이네…….

후훗, 어쩐지…… 재미있는 사람이야.

"아, 웃었다."

"네?"

"지금 웃었잖아. 지금까지 계속 흠칫거리면서 무서워했으니까."

"아……."

분명히, 지금은 이 일진 언니에게도 그다지 공포는 느끼지 않는다. 지금이라면 평범하게 대화할 수 있을지도 몰라.

"죄송합니다, 그게…… 일진 쪽 분이랑 대화하는 게 인생에서 처음이라……."

"응? 일진? 내가?"

"어? 아닌가요? 패션 같은 걸 보고 그렇지 않을까 생각했어요……."

"아니, 이건 메탈계 밴드 같은 걸 좋아하는 것뿐이야. 일진이라는 건 아니라고 스스로는 생각하는데."

"에?!"

그, 그랬었구나!!

분명히, 자세히 보니까 요즘 세상에 이렇게까지 덕지덕지 화려한 일진은 없겠네. 메탈 밴드 같은 건 지식이 너무 적어서 들을 때까지 연상 못 했다…….

"뭐, 메탈계가 무섭다는 사람은 있을지도 모르지만, 하지만 잡아먹지는 않으니까 안심해."

"그랬었군요…… 이상하게 무서워해서 미안해요……."

완전히 착각했어…… 미안하고 부끄럽다…….

"야마구치 아스카."

"네?"

"내 이름. 아직 자기소개를 안 했으니까. 착각해도 어쩔 수 없지."

이건…… 커버해준 건가?

어, 이 사람 뭔가 멋지고 상냥하다, 결혼하고 싶어.

헉?! 이, 이럼 안 되지! 여기는 라이브온 밖이잖아. 생각한 걸 그대로 말하면 위험한 사람이야!

일단 나도 자기소개를 해야지!

"저는 타나카 유키입니다. 새삼, 방금전에는 도와주셔서 감사합니다."

"응. 괜찮아."

그다음에도 서로에 대해 가볍게 대화를 했다. 아무래도 나보다 조금 연상인 사람 같아.

엄청 좋은 사람이라는 걸 알아서 점점 긴장도 풀렸다. 그러자 이 사람에 대한 더욱 큰 호기심이 솟아서, 나는 여러 가지 질문을 해봤다.

"저기, 메탈 밴드를 하는 건 아닌 건가요?"

"응. 듣기만 해. 오늘도 좋아하는 밴드의 라이브가 있었으니까, 조금 멀리 나와서 여기까지 왔어. 그리고 일도 조금."

싫은 표정 하나 없이 질문에 대답해준다. 담담하지만 분명히 이게 아스카 씨의 대화 스타일이겠지.

"일은 뭘 하고 있는지 물어봐도 될까요?"

이런 느낌의 패션인 사람은 어떤 일을 하는지 신경 쓰였단 말이지.

"아…… 응…… 그건, 뭐라고 할까."

"앗, 말하기 어려우면 전혀 상관없어요. 오히려 초면에 이런 걸 물어봐서 미안해요."

난처한 기색인 아스카 씨를 보고 급하게 말했지만, 그것도 아스카 씨는 부정했다.

"말하기 어렵다고 해야 할지. 설명이 어렵다고 해야 할지…… 목소리로 하는 일일까?"

"어, 성우 같은 건가요?!"

"아니 그거하고도 조금 달라서…… 혼자서, 때로는 다

같이 여러 가지 일을 해서 손님들을 즐겁게 해주는 일이라고 해야 할지…….”

“헤~! 멋진 일이네요! 직장의 여러분도 아스카 씨 같은 느낌인가요?”

“아니, 다들 머리가 이상해.”

“어.”

“밴드로 비유하면 전부 기타에 게다가 언제나 기타 솔로밖에 안 하는 크레이지들뿐이야. 게다가 기타 치는 방식이 엉망일수록 칭찬을 받지.”

“굉장한 환경의 직장이네요…….”

아스카 씨는 들어달라고 하는 것처럼 더욱이 직장에 대해 말하기 시작했다.

“그중에서도 그 선배는 특히 용서 못 해.”

“어, 어떤 사람인가요?”

“나한테 독을 먹였어.”

“도, 독이요?!”

“물론 진짜 독은 아니고. 하지만 그 선배는 곁에 있는 인간에게 독을 먹이는 능력이 있어. 냉정한 사고를 파괴하고, 그 사람의 본성을 온 세상에 해방시키는 무시무시한 맹독을—.”

“어쩜 그렇게 무서운 사람이 있죠…… 괜찮았어요?”

“당연히 깨달았을 때 나는 기타를 이빨로 연주하고 있었어. 그 뒤로 이제 손님한테 내 인상은 변태 기타리스트야."

"너무해…… 인간이 그런 일을 해도 되나요……."

"게다가, 그 선배는 자기 독을 자각 못 한단 말이지. 그러니까 보란 듯이 여기저기 뿌리고, 지금은 직장의 모두가 당해 버렸어. 비교적 괜찮았던 사람은 나랑 같은 말로를 걸었고, 애당초 위험했던 사람들은 더욱 위험해졌지."

"질이 너무 나빠요?! 이제 저는 그 사람을 만나면 꼭 안면에 한 방 먹여주겠어요!"

"정말로, 난처한 사람이라니까."

"네! 이렇게 좋은 사람인 아스카 씨를 괴롭히다니, 터무니없는 극악인이에요! 저 용서 못 해요! 지금 당장 감옥에 넣어야 해요!"

"아니, 그게, 나쁜 사람은 아니거든."

"네?"

갑자기 그 사람을 감싸는 말을 하는 아스카 씨.

지금 이야기를 들어보면 옹호할 수 있는 점이 무엇 하나 없는 살아 숨쉬는 바이오테러 같은데?

"뭐라고 해야 할까. 사람을 끌어당기는 매력이 있단 말이지, 그 사람. 순수함이랑 솔직함을 아울러 가진 사람이고, 이 선배한테 도움을 받은 사람도 잔뜩 있어. 모두가 좋아하고, 나도 난처한 사람이라고 생각하지만 존경하고 있거든."

"……그것도 독에 당한 거 아닌가요?"

"하하핫, 그럴지도 몰라. 하지만 그 사람은, 그 개성적인 기타리스트들이랑 선배, 후배, 동기 상관없이 모두 본질을 드러내면서 연결된단 말이지. 내 직장은 개성적인 사람들뿐이지만 신기하게 일체감도 있어. 그 신기하게 마음 편한 느낌을, 그 사람이 만든 게 아닐까?"

그렇게 말한 다음, 조금 쑥스러운 기색으로 「트러블메이커긴 하지만」이라고 아스카 씨가 덧붙였다.

으음…… 들으면 들을수록 별종이네. 세상에는 참 신기한 사람이 다 있어.

……라이브온에 있어도 이상하지 않은 사람이야.

"뭐 나는 대충 이래. 그래서, 언니는?"

"네? 저요?"

"응. 어떤 일을 하는데? 아까도 회사에 가는 도중이었다며?"

"아, 아~! 그렇네요! 저기, 저는……."

……VTuber 하고 있어요라고 솔직하게 말하는 건 당연히 안 좋다.

하지만 방금 아스카 씨가 말해준 이상 나만 입 다물고 있는 것도 미안하고…….

응. 아스카 씨도 그런 것처럼, 나도 어떻게 말을 흐리면서 이 자리를 넘기자!

그게, 그러면 V가 하는 일을 뭐라고 얼버무리면 좋을까? 응…….

"아…… 아, 아이돌~ 비슷한?"

—아차차 —완전히 너무 나갔어.

"어?! 유키 씨 아이돌이야?! 진짜?! 이렇게 말하면 실례일지도 모르지만 뜻밖이네. 오늘도 자기주장이 얌전한 패션이잖아. 앗, 변장이구나! 일부러 수수하게 보여서 들키지 않으려고 하는 거야!"

"아, 아하하하……."

내 말을 믿고서 언뜻 보기에도 텐션이 올라간 아스카 씨.

아무리 생각해도 이건 직업 사칭 엄청나네. 만약 라이브온이 아이돌 취급이라면 그건 분명 유메미 리○무[#38] 짱이 극 왕도 청순파 아이돌로 불리는 세계선이다. 우리는 WHM(위험물) 11이니까 말이지. 아니면 고저차 200m의 언덕[#39] 11.

아~ 이거 어떡하지~?! 일단 말해버렸으니까 계속 밀고 가야 하나?!

#38 유메미 리○무 아이돌 마스터 신데렐라 걸즈의 등장 캐릭터, 유메미 리아무. 아이돌로서는 상당히 문제아적인 성격을 가지고 있다..

#39 고저차 200m의 언덕 2013년 도쿄 경마장 경마 경기 중, 중계진의 말실수에서 탄생한 밈. 본래는 고저차(높이 차이) 2미터.

"어떤 이름으로 활동해? 가르쳐 줘!"

"아, 그게~ 얼굴을 가리고 활동해서, 밝히는 건 좀 안 좋다고 해야 할지……."

응. 거짓말은 아니다.

"아, 그렇구나? 뭐 요즘은 얼굴을 감추는 아이돌도 있지. 옛날의 C*ariS처럼? 세계관으로 매혹하는 아이돌이란 걸까?"

"아, 네! 그런 느낌이네요!"

세계관(폭소).

"장난 아니네~. 모르는 사이에 굉장한 사람을 주웠어. 어, 그룹으로 활동해? 유명해?"

"그렇네요, 그룹이에요. 유명한지 아닌지는…… 일부 사람에게는 인기일까요?"

"그러면, 지하 아이돌 같은 거야?"

"읏! 그래요! 그런 느낌이요!"

그리고 우리를 억지로 아이돌에 비유하자면 지하보다 더욱 깊은 장소, 지층 아이돌이나 지핵 아이돌이겠지.

"팬들 앞에서 춤추고 노래하고 하는구나!"

"……네."

거짓말은 안 했다. 춤을 추는지는 미묘하지만 노래 방송 같은 건 하고, 하레루 선배는 라이브 회장에서 라이브도 했고 나도 거기 참가했으니까.

하지만…… 순수하게 믿고 있는 아스카 씨를 보고 점점 마음이 아파지기 시작했습니다…….

“그리고 또? 다른 건?”

“다른 거?”

“딱히 노래하고 춤추는 것만 아이돌이 아니잖아? 그밖에 어떤 일을 하고 있어?”

어…….

“팬들 앞에서…… 라이브로…… 수, 술을 마신다거나?”

“술을 마셔?! 아이돌이?! 라이브로?!”

실수했다아아아아아아아아—!!!!

나는 뭘 죄책감에 시달려서 진실에 가까운 말을 한 거야?! 어, 어떻게든 얼버무려야지!

“무무무물론 그것뿐이 아니고요?! 그밖에 저기, 그게, 앗, 콩트를 하거나!”

“아이돌이…… 콩트?”

이거 글렀다. 성희롱이나 토한 거나 조교 같은 게 떠오르는 가운데, 어떻게든 짜낸 그나마 나은 활동 내용마저 평범한 아이돌이라고 하기에는 수상하다니까.

“아, 게임을 하거나!”

“오, 그건 요즘 아이돌답네. 어떤 게임을 하는데?”

“그~게…… 호러 게임 같은 거?”

“나는 호러 게임 싫어.”

"네?"

그렇게 말하고 홱 고개를 돌리며 입을 삐죽이는 아스카 씨.

엄청 뜻밖이네. 피를 보는 것에 쾌감을 얻을 것 같은 외견인데.

"뭐 나는 됐어. 그건 그렇고 얼굴을 감추고 팬 앞에서 술을 마시거나 콩트를 한다니…… 별난 아이돌이네."

"아하, 아하하하. 그, 그럴지도 몰라요!"

"어쩐지 내가 생각하던 아이돌 활동이랑 다르지만, 요즘은 다양성이 중시되니까. 술을 좋아하는 아이돌도 의외성이 있어서 좋네. 술 관련의 일 같은 것도 받을 수 있을지 모르고. 콩트를 할 수 있는 아이돌은 버라이어티의 길도 있잖아. 굉장한 일이야."

"고, 고맙습니다……."

위험해, 이만큼 별종같이 굴었는데 전 긍정을 해주는 이 사람. 찐으로 성인 같은 거 아닐까? 정말로 사람은 겉으로 봐서는 모르는 거네. 메탈계 마리아님이다.

"뭔가 그렇네. 서로 고생할 것 같아."

"그렇네요…… 아하하……."

참으로 어긋남이 많을 것 같은 대화가 되었지만, 일단락이 된 참에 아스카 씨는 남아 있던 커피를 단숨에 들이켜고, 자리에서 일어섰다.

"좋아. 이제 그만 가자. 안색도 꽤 좋아졌네."

"아."

그렇지, 애당초 쓰러질 것 같아서 휴식하기 위해 카페에 들어왔었지.

……아스카 씨, 대화하면서 몸 상태를 계속 신경 써준 걸까?

"괜찮아? 설 수 있어?"

"네. 이제 괜찮을 것 같아요."

그 말을 듣고 「응」 하고 고개를 끄덕였지만, 그래도 아스카 씨는 자연스럽게 옆으로 다가왔다. 만약 휘청거리면 지탱해주려고 하는 걸 알 수 있었다.

멋진 사람이랑 만나버렸네. 뭐가 악몽이야 꼴좋다. 네 덕분에 좋은 만남을 즐겼거든~.

"괜찮아 보이네. 다행이야. 그러면 갈까?"

"네. 도와줘서 정말로 고마워요."

"응."

크게 신경 쓰는 기색도 없어 보이게 고개를 끄덕이는 근사하고 멋진 사람과 함께, 나는 분명한 발걸음으로 가게를 나섰다.

"그럼."

"응. 조심해."

가게를 나선 다음, 다시 한 번 아스카 씨에게 고개를 숙였다.

이걸로 헤어지는 건 조금 쓸쓸하지만, 이제 일을 하러 가야지.

""어라?""

그렇게 생각하며 걷기 시작했는데, 그 방향이 아스카 씨랑 같았다.

"아스카 씨도 이쪽 방향에 용건 있나요?"

"응…… 나도 이다음에 일이 조금 있어서."

"그런가요……."

뭐, 딱히 신기하게 생각할 것도 아니다. 떨어지는 것도 이상하니까 둘이 나란히 걷기 시작했다.

하지만…… 안 좋은데. 멋진 사람이랑 보내는 시간이 늘어나는 건 기쁘지만, 사무소가 이제 가까워…….

세심한 주의를 기울여 들키는 걸 경계한다면, 이대로 함께 건물에 다가가는 건 위험하지.

이 사람이라면 만에 하나 알려져도 비밀로 해줄지도 모르지만, 너무 간단히 얘기하는 것도 라이브온 V의 정책에 반한다.

……좋아.

"얼굴을 감춘다…… 술을 마신다…… 콩트…… 아이돌은 의미를 알 수 없지만 지금 생각하면 목소리도…… 아니지 설마."

"저기, 저는 이쪽이라서!"

"어? 아, 아아 그렇구나. 응. 그럼 바이바이."

"네!"

어째선가 작은 소리로 혼잣말을 하던 아스카 씨에게 말을 걸고, 일부러 가던 길에서 벗어났다.

물론 행선지를 바꾸는 게 아니다. 조금 멀리 돌아서 함께 있는 상황에서 벗어나려는 것이다.

아스카 씨랑 헤어져서, 혼자 걸었다. 그게, 이쪽을 돌아서 저 앞을 돌아가면, 그리고 또 한 번 모퉁이를 돌면 사무소에 도착하지.

후후후, 완벽한 작전이다. 이것이 바로 V의 귀감.

"좋아, 도착. 그러면 일을 열심히 해볼까!"

기합을 넣고 사무소에 들어갔다.

그리고 라이브온 사무소의 접수처에 갔는데—

"어라?"

"어."

어째선가 아까 헤어진 아스카 씨가 있고, 먼저 접수를 하고 있었다.

상황을 이해 못 해서 얼빠진 소리를 내며 고개를 갸웃거리는 나와, 그 목소리에 돌아보고 나를 발견하더니 우뚝 굳어버린 아스카 씨.

???

우리들 사이의 시간만 세상에서 분리된 것처럼 멈춘 가운데, 아스카 씨의 접수를 담당하던 직원이 나를 발견하고…….
"앗! 아와유키 씨! 안녕하세요? 어서 와요! 들었어요, 몸이 좀 안 좋았다고…… 어라?"
그렇게 인사를 한 다음, 아스카 씨 쪽에 시선을 돌리며 말했다.

"혹시 에에라이 씨랑 같이 왔나요?"

그걸 들은 내가 놀란 표정으로 아스카 씨를 봤을 때—아스카 씨는 에에라이 쨩으로서 바닥에 주저앉았다.
"토할 것 같다는 시점에서 깨달았어야 했어……."
"토하는 걸로 나를 연상하지 마."
그런 그녀를 보고, 드디어 나는 사태를 모두 이해했다.

사무소의 방 하나. 그곳에는 싱글싱글 웃는 나와, 그런 내가 볼을 말랑말랑 만지고 있는 아스카 씨. 다시 말해 에에라이 쨩의 모습이 있었다.
"있잖아아 에에라이 쨩? 누~가 독을 탔다고? 누구를 용서 못 해~? 누구를 존경한다고~? 응? 응응응?"
"우왓 짜증 나. 얼른 자기 안면에 한 방 먹이면 어때요?"
이야기를 들어보니, 아무래도 나랑 에에라이 쨩은 서로

같은 일이 비슷한 시간에 들어온 모양이다.

그러나 우리들은 그야말로 라이브온. 보통은 사무소에서 만나게 되는 것을 기적에 가까운 우연이 겹쳐서 서로의 정체를 모른 채 길거리에서 만나, 그대로 엇갈림의 콩트 같은 대화를 펼치고 마무리로 사무소에서 진실이 밝혀진다는 과정을 밟은 거지.

정체가 에에라이 쨩이라는 걸 알게 되면, 카페에서 대화한 선배라는 것이 십중팔구 나를 말하는 거다. 죄책감이 있는 건지 내가 무슨 짓을 해도 노려보면서 불평은 하지만 저항은 안 하는 게 재밌어.

좋다…… 드센 여자가 분한 기색으로 굴복하는 거 좋다…… 처음에는 가벼운 마음으로 놀린 거였는데 버릇 들 것 같아…….

"그러고 보니 아와유키 선배는 자기를 아이돌이라고 생각하는 건가요?"

"더 이상 그 건을 건드리면 이대로 키스하고 평생 안 떨어집니다."

"두근거려서 심장이 멎는 줄 알았어요."

"그 두근거림의 원인은?"

"공포요."

"나는 노려보는 시추라서 두근거려."

"안 물어봤어요."

그건 그렇고, 정말로 얘가 에에라이 쨩이구나.

지금 생각해 보면 동물이나 메탈을 좋아한다는 점이나 호러 게임이 싫다는 점 등, 에에라이 쨩이라는 걸 알 수 있는 요소는 산더미처럼 있었다는 걸 깨달았다.

하지만, 밖에서는 설마 만날 거라고 생각 못 하니까 깨닫지 못하고, 솔직히 지금 눈앞의 여성이 에에라이 쨩이라는 걸 알고 있어도…… 정말로? 의심을 느끼게 되고 만다.

"……에에라이 쨩, 이미지가 상당히 다르네요. 봐요, 역시 번장이라고 해도 용모나 말투 같은 건 나긋한 인상이 있으니까."

"뭐 스스로도 그렇게 생각하지만요…… 동물을 좋아하고 나긋한 사람이 되고 싶었어요. 그리고 번장 아냐."

"그렇구나. Virtual 세계에서 자신이 되고 싶은 모습이 되려고 한 거네요."

"뭐 그런 셈이죠. 메탈 같은 것도 좋아하고 자신에게 어울릴 것 같아서 리얼에서는 그쪽이지만요. 또 하나의 자신을 가진다면 여성다운 사람이 되고 싶어서. 어린 시절의 꿈에서도 매번 『동물원 원장』이라고 적었으니까요."

에엥? 우와, 터무니없는 모에 캐릭터잖아. 속성이 너무 많아. 혼자서 5등○의 신부잖아.

그러니까, 에에라이 쨩 안에서 다섯 개를 고른다면, 동물원 원장, 메탈계, 천연, 훈남, 호러 극혐일까?

플러스해서 야쿠자 번장, 얏파, 도스, 체인소, 호러계라는 인체 5등분이 특기일 것 같은 신부 요소도 있는데.

……어라?

"에에라이 쨩. 체인소 쓴 적 있었죠?"

"없거든. 왜 질문이 있었다고 시작하는 건가요. 그리고 선배 탓에 에에라이의 알맹이에 제가 섞여서 지금 캐릭터가 난리가 났거든요? 반성하세요."

"그건 거의 에에라이 쨩의 자폭인 것 같은데……."

없었구나. 뭐 챠카 같은 걸 넣어두면 되겠지.

"실례되는 생각을 하고 있진 않아요?"

"어째서요?"

"지금 한 질문이랑, 얼굴이 아냐[#40]와 같은 표정이 되어 있으니까요."

"칭찬하지 마."

"실례. 그러면 너무 귀여웠네요. 시부이마루 타쿠오[#41] 같은 얼굴이었어요."

"시부타쿠는 솔직히 호감이지만 그 얼굴은 싫어요……."

응. 하지만 대화하면서 점점 에에라이 쨩이랑 일치하는 감각이 있다.

#40 아냐 만화 「스파이 패밀리」의 등장인물, 아냐 포저. 평소에는 귀여운 표정을 짓는 어린 소녀이나, 때때로 나쁜 꿍꿍이를 떠올릴 때 짓는 묘한 얼굴이 반전 매력으로 인기를 끌었다.
#41 시부이마루 타쿠오 만화 「데스노트」에서 라이토가 길거리에서 데스노트를 시험한 단역. 시부타쿠라고 줄여 부른다. 길거리에서 젊은 아가씨를 헌팅하다 안 좋은 끝을 맞이했다.

역시 태클이나 말의 초이스가 같은 거겠지.

"그거 말이죠. 콤비를 짰는데 챠미 쨩이랑 모두 반대인 느낌이네요. 아바타 교환하면 갭이 딱 없어질 것 같아요."

"왜 멋대로 콤비 짜고 있는 걸로 치는 건데요. 그리고 아와유키 선배, 챠미 선배랑 동기잖아요? 좀 말려주세요."

"어라? 혹시 아직 하루에 몇 통씩 채팅 보내?"

"아니, 그건 멈췄는데요. 대신 매일 동물계 코스프레를 한 셀카를 보내게 됐어요."

"귀엽지 않아요?"

"귀엽긴 하지만 동시에 뭔가 허무한 마음이 든다고요. 어째서 이런 사람이."

"에에라이 쨩이 훈남인 탓이죠."

"그런 거 몰라요."

실제로 나도 구혼해버릴 것 같았으니까. 챠미 쨩의 마음도 이해가 안 가지 않는다.

그렇게 대화하고 있는데, 방의 문이 열리고, 사인을 할 예정이었던 굿즈를 가진 사원이 들어왔다.

자, 이제부터는 일할 시간이다.

둘이서 마구마구 사인을 했다.

그리고 일을 마치고 돌아갈 때, 스즈키 씨가 이렇게 말했다.

"마나 씨의 졸업 방송 출연 순서가 정해졌어요!"

그렇다. 생각하다 보면 진정할 수 없게 되니까 지나치게 의식하지 않도록 하고 있었는데, 이제 그날이 바로 코앞까지 다가온 것이었다—.

미치도록 사랑스런 가족

드디어 이날이 오고 말았다— 오늘은 호시노 마나 쨩의 졸업일이다.

벌써 졸업 방송은 시작됐다. 나는 순서가 오면 통화를 연결하여 부르도록 되어 있으니, 집에서 그 방송을 보며 대기하고 있는 상태였다.

그런데…… 전혀 집중이 안 된다. 긴장에 불안에 머리의 회전이 완전히 멈춰 있었다. 솔직히 방송의 대화 내용도 그다지 이해가 안 된다.

졸업이 슬픈 건 당연하지만, 이제 곧 이 방송에 자신이 나가는 걸 생각하자, 지금까지의 인생에서 체험한 적이 없는 뭐라 형용하기 어려운 감정에 휩싸여 버렸다. 억지로 가까운 것을 찾아서 비유하자면 수험의 합격발표일 아침일까? 뭐 어쨌든 진정이 안 돼.

"응, 그렇네. 참 그립다. 첫 콜라보 때는 서로의 거리감도 잘 몰라서—"

이제 방송에서 내가 나갈 예정이기도 한 『마지막으로 만나고 싶은 사람들』 코너에 들어갔다. 게다가 내 차례는 이 다음이다.

지금 마나 짱이 대화하는 것도 V계의 초 레전드 중 한 명. 사이가 좋기도 해서 추억을 돌아보며 감동적인 대화를 펼치고 있었다.

이 기획에서 등장하는 사람들을 시청자는 모르고 있다. 다시 말해서 완전히 예상밖의 인물로서 내가 등장하게 되는 것이 눈에 선하다.

당연히 초면이니까, 과거를 돌아보는 이야기도 못 한다. 사전에 부른 이유나 대화하고 싶은 내용을 알려주지도 않았다. 대체 나는 어떤 입장으로 등장하면 되는 걸까……?

"응. 고마워! 그러면…… 바이바이!"

위, 위험해. 드디어 지금 나온 사람 시간이 끝을 맞이하고 말았어!

이제 내 차례가 온다. 내 착각이고 다음에 다른 사람은 아니지?

"그러면 다음 사람 등장을 부탁해볼까! 후후후~, 분명 다음 사람은 다들 상상도 못 했던 사람일 거야!"

: 엄청 감동이었…….

: 눈물샘이……

: 오오!

: 거물의 예감!

: 서프라이즈구나!

아, 이거 나다. 내 차례 와버렸어! 진정해라, 진정해라~. ……처음에는 자기소개를 해달라고만 했으니까. 말이 안 꼬이게 조심해야지!

—통화 콜이 울렸어!

"그러면 등장입니다! 부탁해요!"

"—여러분 안녕하세요? 마나 씨, 오늘은 이런 무대에 불러주셔서 참으로 감사합니다. 라이브온 소속 3기생, 코코로네 아와유키입니다."

조, 좋아! 일단 인사는 클리어! 허억…… 허억…….

: ?!

: 어어어어어어?!

: 위험해 라이브온이다?!

: 어? 찐으로?! 진짜냐?! 진짜로 놈이 온 거냐?!

: 마나 쨩 도망쳐!!

: 어째서?! 어째서 라이브온이?!

: 리얼로 마시던 거 뿜었다

: 너무 예상밖이야…… 졸업 저지라도 하러 왔나?

: 기어이 아와유키 쨩이 그룹 밖으로 진출한 건가?!

: 탈주잖아! 사육주(운영) 뭐하고 있냐?!

: ㄹㅇㅋㅋ ㄹㅇㅋㅋ ㄹㅇㅋㅋ ㄹㅇㅋㅋ ㄹㅇㅋㅋ

: ㄹㅇㅋㅋ 채팅창이 흥분이라기보다 아비규환이네

: 역시 라이브온, V계의 종점이자 저변

: 저, 저변이라고 하지 마! 인기는 있다니까!

: 원점이자 정점 VS 종점이자 저변

: 과장은 됐지만 그런 느낌이긴 해…… 에모 전개 어디로 갔냐……

: 애니메이션 최종화 타이틀 같다…….

채, 채팅창이 언뜻 보기에도 동요하고 있어. 외부에서 라이브온이 어떻게 보이는지 이렇게까지 확실히 알 수 있는 건 나도 처음이네…….

"네! 그래서 라이브온에서 아와유키 쨩이 와줬습니다~!! FOOOOO!! 전설의 VTuber 등장이다~!!"

"아, 아니 전설이라뇨 그건 좀!! 오히려 마나쨔, 앗, 마, 마나 씨가 전설이고."

"아~! 지금 마나 쨩이라고 부르다가 말았지! 불러줘, 불러줘!"

"어어어?! 괜찮은 건가요?!"

"응! 얼른얼른!"

"마, 마나 쨩……."

: 이 전개 뭐야…….

: 마나 쨩, 그 사람은 졸업은 졸업이라도 인간을 졸업한 사람이야.

: 마나 쨩 텐션이 엄청 높아졌다.

: 어, 어라? 마나 쨩이 신났어?

: 너무 초전개다

미, 믿을 수가 없어……. 나 정말로 마나 쨩이랑 대화하고 있어!

게다가 어쩐지, 마나 쨩 내가 등장한 뒤로 척 보기에도 텐션이 올라간 느낌이 드는 건 어째서지?! 이거 졸업 방송이거든?! 방금전까지의 감동은 어디 갔어?!

채팅창 사람들이랑 마찬가지로 나도 더욱 혼란에 빠졌다…….

"어라? 오늘은 스○○로 안 마셨어?"

"아, 안 마셨서서서요! 하지만 지금 몸 안에서 생성되고 있어요!"

"오오오오! 이 의미불명인 느낌이 엄청 라이브온이야! 감동했어~!! 하지만 그렇게 긴장 안해도 돼. 봐, 부른 건 나니까. 마음 편하게 있어."

"아, 네…… 죄송합니다."

지금 한순간 무슨 말을 했는지 스스로도 잘 모르게 되는 감각이 있었는데, 마나 쨩의 상냥한 목소리 덕분에 조금 나아졌다.

좋아, 나도 라이브온을 등에 지고 있는 정도의 기개로 하고 있으니까. 자신을 못 가지면 동료들에게도 실례야.

내가 진정한 걸 확인하고서, 드디어 마나 쨩이 나를 부른 이유를 말하기 시작했다.

"초면인데 갑자기 졸업 방송 같은 게 돼서 미안해. 계속 만나고 싶다고 추진은 해봤는데, 운영이 머리가 좀 굳어서 말이지~. 결국 만나게 된 건 내 억지를 들어준 이 마지막 방송이 돼버렸어."

"계속 만나고 싶었던 건가요?! 저랑?!"

"그래그래그래! 엄청 팬이야! 정확하게는 라이브온 멤버 전부 팬이야! 매일 보고 있어!"

"이, 이미지가……."

"으음! 아와유키 짱까지 운영이랑 같은 말을 하는구나~!!"

믿을 수 없는 사실을 밝혀서, 나는 눈이 점이 되어버렸다. 그런 불만을 드러내도 정말로 이미지가 너무 없어서…….

: ㅋㅋㅋㅋㅋㅋ

: 비보, 호시노 마나 졸업 방송에서 사고 치다.

: 팬이라는 것뿐인데 사고 친 걸로 취급받는 그룹, 그것이 라이브온.

: 처음 봐서 잘 몰랐는데 이 아와유키 짱이란 사람 굉장한 사람이구나!

: 그. 뭐. 응. 굉장한 사람이야. 여러 가지 의미로.

: 검색해서는 안 되는 VTuber.

"에~ 어째서~? 라이브온 재밌잖아? 아와유키 짱."

"그, 그렇네요. 사람을 가리는 측면은 있을 거라고 생각합니다만.”

“마나 쨩이드아~!”

“앗, 아앗.”

여전히 하이텐션으로 내 흉내를 내는 마나 쨩에게 어떡하면 좋을지 몰라 안절부절해버린다.

“……어째서 최애로 삼아주신 건가요?”

어떻게든 짜낸 것이, 내 진심 어린 의문이었다.

“응~ 그게. 그건 내 활동 스타일에 이유가 있었을까? 저기, 나는 누군가랑 콜라보하는 일이 종종 있어도, 사무소에서 혼자 V로서 솔로 활동을 하잖아?”

그렇구나. 분명히 마나 쨩이 소속되어 있는 사무소는, 소속 V를 늘리지 않고 마나 쨩에게 전력을 다하는 방침이었을 거야.

“그러니까, 그룹을 형성하고 있는 사람들한테 동경이 있었어. 지금의 운영은 정말로 공들여 지원을 해줘서 불만은 없지만, 남의 떡이 커 보인다는 걸지도 모르겠네. 그런 거 좋다고 생각했지.”

“그랬었군요.”

“응. 그래서, 오늘 아와유키 쨩을 부른 건 완전히 내 억지야! 마지막 정도는 이미지 같은 거랑 상관없이 오시랑 만나게 해 줘~ 했지!”

어째서 내가 마나 쨩의 졸업 방송이라는 엉뚱한 무대에

불려왔는지, 계속 의문이었던 점이 서서히 풀려갔다.

하지만…… 지금 그 이유면 아직 의문이 남아 있는 것 같은데?

"저기, 그건 라이브온이나 제가 아니라도 되지 않아요……? 저기, 그룹으로 활동하고 있는 V는 요즘에 꽤 많고, 라이브온에서 고른다고 해도 하레루 선배도 있고……."

"아……응! 뭘까. 이 마음을 언어화하는 게 조금 어려운데, 내가 그룹으로서 엄청 끌린 건 라이브온이었어. 뭐라고 할까…… 따스함 같은 걸 느꼈거든."

"따스함……인가요?"

"그래. 감각적인 건데, 라이브온의 방송, 특히 콜라보를 보면 말이야. 재미있는 것과 동시에 따스함과 연결 같은 것을 강하게 느끼거든. 그래서, 하레루 짱은 분명히 시작이지만, 그 따스함의 중심에 있다는 점에서는 나는 아와유키 짱인 것 같아서."

"허에~?"

어쩐지, 알듯말 듯, 알쏭달송한…… 정말로 감각적인 얘기구나.

마나 짱도 어떻게 말하면 좋을까 잠시 끙끙댔지만, 문득 뭔가 감이 잡힌 것이 떠올랐는지 「앗!」 하고 외쳤다.

"그래! 『가족』 같다고 생각했어!"

"—가족."

그것은— 내가 이제 손에 넣을 수 없다고 생각했던 존재의 이름이었다.

뜯어낸 과거가 다시 나에게 달라붙었다.

아니야. 뜯어냈다고 생각했을 뿐이다. 아무리 몸에 달라붙는 가시투성이의 덩굴을 뜯어내도, 그 발생원인 숙주는 나 자신이다. 그때그때는 할 수 있어도 뭔가를 계기로 먹이를 주면 다시 덩굴은 자라나 몸을 뒤덮는다. 나에게서 나를 뜯어낼 수는 없다. 그러니까 아무리 부정해도 그것은 진실이다.

세상이 어두워졌다.

"그래그래 이거야! 라이브온은 다들 엉망진창이지만, 제각각이 아니라 일체감이 있단 말이야. 다들 본심을 모두 드러내고 있으니까 깊은 곳을 서로 이해하고 있는 것 같은 거! 그래서 말이야! 어쩐지 가족 같지 않아?"

좋은 대답을 냈다는 기색으로 말을 잇는 마나 쨩.

그에 비해 나는…… 무엇보다도 당혹을 느끼고 있었다.

그렇게 말해도, 나는 가족이란 것을 모르니까.

당연한 것을 모르는 것만큼 고독한 것은 없다. 이토록 비참한 일이 없다. 조소도 동정도, 모두 허무하게만 느껴진다. 모든 것이 너는 잘못됐다고 말하는 것 같아서.

그리고 그것이 제멋대로인 피해망상이라는 걸 알면서도 계속 비뚤어지는 자신을 용서할 수 없다. 상냥함마저 받아들일 수 없는 자신을 용서 못 한다. 무엇보다, 몇 번이나 후회해도 과거를 떨쳐낼 수 없는 자신을…… 용서 못 한다.

가질 수 없는 것이라도 나 말고는 가지고 있다면…….

그런 비굴한 떼쓰기만 하는 나니까…… 마나 쨩에게 이런 이상한 질문밖에 못했다.

"마나 쨩은, 가족이란 뭐라고 생각하나요?"

자신의 목소리가 조금 떨린 것 같았다.

그것은, 당혹 탓인지, 불안 탓인지.

—아니면 기대 탓인지.

하지만 그런 내 이상한 질문에도, 마나 쨩은 의문을 품지 않고 진지하게 생각해 주었다.

"응~ 가족이라~ ……피가 이어져 있는 사람이란 이미지가 있지만, 양자 같은 사람도 가족이니까 그걸로는 말이 부족해. 응~. ……분명히, 평소에는 깨닫지 못해도, 막상 돌이켜봤을 때 그 소중함을 깨닫는 사람이 아닐까?"

"……."

"나 말이야. 친가에 있을 때는 가족 같은 건 귀찮아, 혼자가 좋아~ 라고 생각해버리는 때가 있었는데, 막상 독립해보니까 금방 만나고 싶어서 어쩔 줄 몰라서, 그제서야 처음으로 가족을 어떻게 생각하는지 안 것 같았어. 그건 분명 평소에는 당연할 정도로 이어져 있으니까 그 소중함을 모르는 거고, 막상 떨어졌을 때, 그렇게 되어서야 드디어 이어져 있었다는 걸 인식할 수 있기 때문이 아닐까?"

—문득, 채팅창에 시선이 빨려들어갔다.

그곳에, 모두가 있었다.

〈아사기리 하레루〉: 이예~이! 대가족이다~! 나는 모두의 빅 대디!

: 하레룽?!

: 아와유키짱만 온 게 아니었구나.

〈우츠키 세이〉: 가족, 좋은걸. 그럼 시온, 결혼하자. 이걸로 아빠 포지션 확보다.

〈카미나리 시온〉: 결혼할래—!! 나 마마가 될래!

〈히루네 네코마〉: 남의 방송에서 프로포즈는 관두자! 그리고 네코마는 들고양이에서 집고양이로 승격이다냥!

〈우츠키 세이〉: 어라? 네코마 군은 들고양이었나?

〈히루네 네코마〉: 기르는 사람이 너무 많아서 반대로 들고양이였거든.

〈카미나리 시온〉: 드디어 집이라고 부를 수 있는 장소를 발견한 거구나!

: 2기생도?!

〈마츠리야 히카리〉: 나는 언니! 장녀!

〈이로도리 마시로〉: 어? 히카리 쨩은 오히려 여동생 아냐?

〈마츠리야 히카리〉: 어~ 그럴까~?

〈이로도리 마시로〉: 그렇지. 언니는 챠미 쨩이야.

〈야나가세 챠미〉: 마시로 쨩! 잘 알고 있네!

〈이로도리 마시로〉: 나는 언니 캐릭터가 허당인 걸 좋아하거든.

〈야나가세 챠미〉: 생각했던 거랑 이유가 달라……

〈마츠리야 히카리〉: 으음~, 뭐 아와유키 쨩의 여동생이라면 그것도 좋네! 어라? 그러면 마시로 쨩은 뭐야?

〈이로도리 마시로〉: 아~, 뭘까?

〈야나가세 챠미〉: 아내면 되지 않을까?

〈이로도리 마시로〉: 그래 뭐 그거면 됐어.

〈마츠리야 히카리〉: 오오! 강자의 여유다!

: 앗(존귀사)

〈야마타니 카에루〉: 카에루는 물론 아기입니다.

〈소노카제 에에라이〉: 저는 어디가 좋을까요~랍니다~?

〈야마타니 카에루〉: 번장이면 되지 않아?

〈소노카제 에에라이〉: 그거 가족은 가족이라도 조금 다른 녀석이 아닌가요랍니다……?

〈소우마 아리스〉: 이 중대하기 짝이 없는 선택, 망설이고 망설였습니다만 저는 개를 맡도록 하겠습니다!

〈소노카제 에에라이〉: 망설인 끝에 거기에 도달하는 사람 드문 거랍니다~.

: 전원 있잖아.

: 이건 가족이구만.

: 마나 쨩이 한 말을 이해할 것 같다

: 아아, 존귀해…….

: 참 소란스런 가족이군…….

: 이거 완전 카다시안 패밀리잖아.

: 분명히 아와유키 쨩은 모두와 이어져 있군.

: 이어져 있다고 할까 억지로 이었다(수단은 가리지 않는다)

1기생이, 2기생이, 3기생이, 4기생이— 한 명도 빠짐없이, 모두가—

—마나 쨩에게 말한 것처럼, 다시 한 번 모두와의 나날을 돌이켜 봤다.

뇌리에 떠오른 것은 한도 없이 웃기고, 소란스럽고, 바보 같고— 소중하며, 즐겁고— 무엇보다도 빛나는 추억들.

세상이 눈부시다. 몸에 달라붙어 있는 가시투성이 덩굴과 빛에 피어나는 만개한 꽃들.

—아아, 드디어 알았다. 추억이 그 이야기에 꽃을 피우는 것처럼, 과거도 자신만의 장미구나. 때로는 가시가 몸에 상처를 내는 일이 있어도, 그곳에 빛을 비추면 꽃이 피는구나.

이렇게…… 이렇게 예쁜 꽃을 피우는구나.

모두가 있다. 그 모두가— 만약 잃게 되면 분명히 울어

리 짱은 오히려 여동생 아냐?
나는 언니! 장녀!
는 물론
하시로 쨩
잘 알고 있
짝이 없는 선택,
말도록 하겠습니다!
저는 어디가 좋을까
예~이! 대가족이다~!
는 모두의 빅 대디!
가족, 좋은걸. 그럼 시온, 결혼하자.
이걸로 아빠 포지션 확보다.
결혼할래----!! 나 마마가 될래!
남의 방송에서 프러포즈는 관두자!
그리고 네코마는 들고양이에서 집고양이로 승격이다냥!

버릴 정도의 보물.

"그러니까 라이브온은 가족 같다고 한 명의 팬으로서 생각했는데…… 어라? 틀렸어?"

"아뇨. 마나 짱 말이 맞아요. 저도 그 말을 듣고 처음 깨달았어요. 정말로 다들, 저의— 사랑스런 가족이에요."

그렇지. 그녀들이야말로 내가 인생을 걸 각오로 V업계에 뛰어든 끝에 만난— 미치도록 사랑스런 가족.

사람에 따라서는 뭐냐고, 바보 같다고, 단순히 너의 착각이라고 웃는 사람도 있을 거야.

하지만 이미 그런 건 아무래도 좋다. 나는 그녀들을 가족이라고 할 수 있다. 그리고 그녀들은 부정하지 않고 응답해주었다.

그것만으로 나는 자기 자신이 뭔가에 용서 받은 것 같은, 그런 해방감을 느꼈다.

과거를 부정할 수는 없다. 눈길을 돌려도 그건 사라지지 않는다. 그러니까 중요한 것은 받아들이는 것.

라이브에 수익화 박탈에 컨디션 불량에…… 모두 뭔가를 계기로 자신과 마주 보고, 그리고 받아들여서 성장해온 모습을 매번 매번 가까이서 봤는데, 제일 뒤늦게 깨닫다니……. 뭐 이게 나다운 걸지도 몰라.

받아들인다— 말로는 간단한 것 같지만, 그것은 다시 말해서 용서하는 것과 마찬가지. 대상의 마음이 흐려져 있으면 흐려질수록 어려워진다.

하지만— 다들, 고마워. 나는 바보니까, 정말로 새삼스럽지만— 모두 덕분에 자신을 용서할 수 있었어. 노력했다고 칭찬할 수 있어. 모두랑 생활하면서 서서히 자신을 인정할 수 있고, 그리고 지금 인생 최대의 트라우마랑 마주보면서, 그래도 이렇게 행복하게 웃을 수 있어.

이 과거가 있기에 모두와 이어질 수 있었다. 그러니까 지금까지의 인생 모두가 나 자신이라고, 그렇게 생각할 수가 있어.

문득 옛날 채팅창에서 나를 중심으로 가계도가 만들어졌다는 말을 들은 걸 떠올렸다. 언제부턴가……. 아니, 처음부터일지도 모른다. 나는 무의식중에 지금 이 자신에게 도달하기 위한 여로를 걸어온 거야.

"고맙습니다."

"응? 아니 뭘. 인사를 하고 싶은 건 내 쪽이야! ……하지만, 이제 곧 시간 끝나네. 좋아. 그러면 이제부터는 오시를 앞에 둔 팬이 아니라, V의 선배로서 보내는 응원이야! 들어줄래?"

"네!"

"나는 이제 이걸로 V업계에서는 완전히 졸업하지만…… 당신들처럼 어엿한 후배가 있으니까, 이렇게 상쾌한 기분으로 졸업할 수 있어요. 앞으로도 힘내, 응원할게."

"네…… 마나 쨩도, 지금까지 정말로 수고하셨어요! 괜찮아요, 전설은 시작됐고 아직 끝나지 않았어요! 앞으로도 라이브온 일동, 계속 빛날게요!"

이렇게 내 차례가 끝나고, 그다음도 방송은 막힘없이 진행되어 마지막은 커다란 감동과 함께 마나 쨩은 졸업했다.

이것이 초면인데도, 소중한 것을 배워버렸어.

—그래. 이런 직접적인 대화뿐 아니라, 간접적으로도 수많은 선배들이 버추얼의 세계를 형성해줬기에 지금의 우리가 있다.

그 선배들 중에는 마나 쨩처럼 졸업한 사람도 있고, 아직 한창 현역인 사람도 있다.

그리고 함께 이 세대를 달려가는 사람도 있다. 이제부터 데뷔하는 후배들도 있다. 모두가 있으니까 VTuber는 살아간다.

부디 그 모든 것에 행복이 있기를.

갖가지 감정이 휘몰아치는 마음을 정리하려는데, 지금의 마음을 한 마디로 표현하고자 생각했을 때, 최종적으로 도달한 것은 V를 만난 뒤부터 일관적으로 지극히 심플한 것이었다.

나는— VTuber가 너무 좋아요.

에필로그

훗날, 나는 부모님이 잠든 묘석 앞에서 홀로 서 있었다. 이 장소에 자신의 의사로 온 것은 오늘이 처음이었다.

널찍한 묘지지만, 시간을 조정해서 주변에 사람은 거의 없었다.

마나 쨩을 만날 때까지 눈길을 피하고 있던 트라우마에 명확한 결판을 내기 위해…… 나는, 부모님을 향해 천천히 입을 열었다.

"오랜만이에요, 유키입니다."

한 번 입을 열자, 스스로도 놀랄 만큼 당당한 소리를 낼 수가 있었다.

"정말로 오랜만이에요. 후훗, 터무니없는 불효자네요 저는. 원망해도 돼요, 나도 두 사람을 정말 싫어했으니까요."

어린 시절에 말하고 싶었지만, 말할 기회마저 사라져 버린 말들이 이제 와서 되살아났다.

"하지만…… 사실 오늘은 불평하러 온 게 아니에요. 그 밖에 꼭 한 마디 하고 싶은 말이 있어요."

한 번 눈을 감고 숨을 들이쉰 다음, 시선을 단단히 앞으로 향하고, 확실하게, 지금 두 사람에게 가장 전하고 싶은 말— 커다란 감사를 전했다.

"낳아줘서 고마워요! ……그럼."

그리고서, 묘지를 뒤로 했다. 이제 과거를 돌아보는 일은 있어도 사로잡히진 않는다.

응, 나는 VTuber니까. 지금은 현대 인터넷 컬쳐의 상징 같은 존재다. 과거에 묶여 있는 건 어울리지 않아.

돌아가는 전차 안에서, 나는 스마트폰으로 라이브온 공식 홈페이지를 열었다.

졸업 방송 날, 응원을 보내준 마나 짱에게 마지막으로 한 말을 떠올렸다.

그래, 전설은 시작됐고 아직 끝나지 않아—

【라이브온 5기생 데뷔 결정!!】

앞으로도 이어지는 거다.

■ 작가 후기

『버튜버 전설』 6권을 구매해 주셔서 감사합니다. 작가인 나나토 나나입니다.

최종권 아닙니다!! web에 투고했을 때 엄청 들은 말입니다. 웃음.

참고로, 그렇게 생각해 버릴 이유는 본권의 마지막 이야기 『미치도록 사랑스런 가족』입니다만, 이 이야기의 타이틀은 니지산지 소속 사사키 사쿠 님이 투고한 개사 노래 영상에서 인용한 것입니다. 저는 이 프레이즈를 엄청 좋아해서요, 라이브온이라는 그룹은 이 프레이즈 같은 환경이 되는 것을 이상으로 구축해왔습니다.

하나의 구분점이 되는 권이기도 해서, 이 『미치도록 사랑스런 가족』을 독자 여러분의 시점에서도 구현해주시면 다행이겠습니다. 사사키 사쿠 님, 멋진 가사 정말 감사합니다(만약 폐가 된다면 미안해요……).

다음으로, 띠지에도 있는 것처럼, 본작의 애니화 이야기가 있습니다.

참 기쁘고, 그리고 영광이라고 생각합니다. 애니 제작진 여러분, 앞으로도 부디 잘 부탁드립니다.

동시에 여전히 작품 규모가 넓어지는 것에 쫄고 있습니다만, 최근에는 아무래도 다소 익숙해진 것 같아요. 지금 생각해 보면 본작이 PV에서부터 빵 터진 뒤 한동안은 정말 프레셔에 짓눌릴 것 같았습니다. 인기작이 되어줘서 기뻐! 하지만 주변의 기대에 그만큼 응답해야…. 이것이 지나치면 조금이라도 기대를 배신해버린 걸지도 모른다고 생각하기만 해도 죽습니다. 적당한 이유를 대서 우쭐대는 건 완전히 프레셔에 대한 패배죠.

지금은 그저 눈앞의 창작을 즐기는 게 제일이라고 생각합니다. 즐기고, 그리고 웃는 것이 참으로 중요합니다. 이래 봬도 코미디 작가니까요. 팬은 작품으로, 안티도 있다면 차라리 그걸 바보 취급하면서 웃어주세요(지나치지 않을 정도로 해줘요……).

그럼 에필로그에도 있는 것처럼 다음 권에서는 라이브온 5기생이 가입하여, 라이브온이 또 새로워집니다. 기대해 주세요. 작품도 저도 계속 성장하고 싶습니다.

그러고 보니, 요즘 VTuber 라이트노벨의 서적도 늘어난 인상이 있습니다. Web을 찾아보니, 저도 감명을 받은 선구자님의 작품이나, 최신의 흐름을 받아들인 작품 등을 발견해서 재미있다고 생각합니다.

마지막으로, 6권도 제작에 협력해주신 여러분, 그리고

응원해주시는 여러분, 정말로 언제나 감사합니다. 7권에서 또 만나요.

■ 역자 후기

건드리면 체포! 감옥에서 점호!

하나, 둘, 셋, 넷, 죄송합니다~!

안녕하세요. 불초 역자 또 뵙습니다.

이번에는 작가님 후기를 보다가 불현듯 떠오른 노래가 있어 그 가사 일부로 후기를 시작해 봤습니다. 일이 생각보다 일파만파 커졌을 때 이른바 버생을 사는 사람이라면 무릇 떠올리게 되는 노래가 아닐까 합니다.

작중에서도 졸업하는 버튜버와 새로 데뷔하는 버튜버의 얘기가 나오고 있습니다만, 졸업 얘기는 관두죠. 괜히 울적해집니다. 그러니까 데뷔 얘기를 해볼까요.

전에도 역자는 모 회사의 버튜버를 주로 보고 있다고 말씀드린 적이 있는데, 최근에 신인들이 데뷔를 했습니다. 역자가 버튜버를 접하기 시작한 뒤로 회사를 막론하고 벌써 여러 번 신인 데뷔를 봤습니다만, 쿠유가 바보질 않나, 리코더가 듀얼리스트이질 않나, 한계가 밥이질 않나, 리얼 27번 주세요페코이질 않나, 샤튜리질 안냐 하는 것이, 대체 어디서 또 이런 애들을 데려왔는지 궁금할 지경입니다.

그리고 역자는 또 홀린 듯이 방송을 보면서 감탄하게 되는 겁니다. 진짜 이런 애들을 어디서 데려온 거야.

현실적으로 보자면야 무수한 응모자들 중에서 고르고 고른 인재들인 거죠. 따라서 반대로 생각해 보면 그만한 매력이 있기 때문에 뽑혀서 데뷔를 이룩한 친구들이라고 할 수 있습니다.

하지만 고르고 골랐다고 해도 이런 신인들이 나오는 걸 보면 정말 감탄을 금할 수가 없어요. 이런 친구들이 세상에 존재하는 것만 봐도 참 세상이 넓다고 할 수 있습니다.

진짜 세상 넓어요. 허허허.

앞으로도 이렇게 매력적인 친구들이 많이 나왔으면 좋겠고, 아직 매력이 알려지지 못한 기존의 인재들도 널리 알려지면 좋겠어요.

그럼 다음 권에서 만나죠!

p.s. 버튜버 오디션에는 음주 심사도 있는 걸까요? 취했을 때 귀여운 애들이 너무 많아.

VTuber인데 방송 끄는 걸 깜빡했더니 전설이 되어있었다 6

초판 1쇄 발행 2024년 10월 10일

지은이_ Nana Nanato
일러스트_ Siokazunoko
옮긴이_ 박경용

발행인_ 최원영
본부장_ 장혜경
편집장_ 김승신
편집진행_ 권세라 · 최혁수 · 김경민 · 최정민
커버디자인_ 양우연
국제업무_ 박진해 · 조은지 · 남궁명일
관리 · 영업_ 김민원 · 조은걸

펴낸곳_ (주)디앤씨미디어
등록_ 2002년 4월 25일 제20-260호
주소_ 서울시 구로구 디지털로 32길 30, 코오롱디지털타워빌란트 1301-1308호
전화_ 02-333-2513(대표)
팩시밀리_ 02-333-2514
이메일_ lnovellove@naver.com
L노벨 공식 카페_ http://cafe.naver.com/lnovel11

VTuber NANDAGA HAISHIN KIRIWASURETARA DENSETSU NI NATTETA Vol.6

ISBN 979-11-278-7797-2 04830
ISBN 979-11-278-6572-6 (세트)

값 8,500원

VTuber인데 방송 끄는 걸 깜빡했더니 전설이 되어있었다

6

나나토 나나 지음
시오 카즈노코 일러스트
박경용 옮김

L NOVEL